凡心已炽

弋舟

——

著

四川人民出版社

图书在版编目（CIP）数据

凡心已炽 / 弋舟著. —— 成都：四川人民出版社，
2025. 1. —— ISBN 978-7-220-13965-9

Ⅰ. I247. 7

中国国家版本馆 CIP 数据核字第 2024CE0156 号

FANXIN YICHI

凡心已炽

弋 舟 著

责任编辑	唐 婧
责任校对	申婷婷
封面设计	张 科
内文设计	张迪茗
责任印制	祝 健

出版发行	四川人民出版社（成都三色路 238 号）
网 址	http://www.scpph.com
E-mail	scrmcbs@sina.com
新浪微博	@四川人民出版社
微信公众号	四川人民出版社
发行部业务电话	（028）86361653 86361656
防盗版举报电话	（028）86361653
照 排	四川胜翔数码印务设计有限公司
印 刷	成都国图广告印务有限公司
成品尺寸	143mm×210mm
印 张	8.75
字 数	140 千
版 次	2025 年 1 月第 1 版
印 次	2025 年 1 月第 1 次印刷
书 号	ISBN 978-7-220-13965-9
定 价	48.00 元

凡 心 已 炽

目 录
CONTENTS

001　　凡心已炽

◆ ················ ● ●

061　　碎　瓷

◆ ················ ● ●

151　　我们的底牌

◆ ················ ● ●

211　　天上的眼睛

◆ ················ ● ●

「凡心已炽」

传说每个女人

都有一朵花

不知名的某处

阴坡或阳坡

开了　落了

间或的树

石头　流水隔着

高高矮矮

就是她们一生的男人

——人邻《传说》

一

　　说起来，阿莫认识黄郁明有很多年了。阿莫和他是
大学里的同学。在活跃的大学时代里，他们都是不为人
注目的角色。小草已经长到无边，毛毛虫都变成蝴蝶
了，他们还是不知道第一步该怎么走，躲在角落里，俯
仰由人。

　　黄郁明来自农村，这不是关键。黄郁明其貌不扬。
这也不是关键。关键的是，黄郁明因为这些劣势导致荒
唐——入学不到两个月，就因偷了宿舍里男生的外套而
受了处分。其实那件外套十分一般，卡其色，条绒，坠
着两只能放进《辞海》的大口袋。说是偷，也的确有些
勉强，严苛了些，黄郁明不过是擅自在周末穿了一遭，
外出逛了逛书店。这本来不算大事，可鬼使神差，黄郁
明穿回来就不归还了，也许是不敢，当然也有不舍得，
叠得很齐整的，压在了自己的箱底。这样性质就变了。
曝光后带来的打击是空前的，黄郁明不但受了处分，而
且一颗蠢蠢欲动着的心，也被致命地冷冻了，从此就把

自己封闭起来。

　　相比之下，阿莫就要优越些。除了容貌平凡、脖子长了一些外，阿莫其实不比别人差着什么。她懵懵懂懂地读了十几年书，懵懵懂懂地进了大学，懵懂似乎就是阿莫的天性，于是懵懂就成了阿莫的习惯。阿莫从来不仔细分辨什么、感觉什么，脑筋的长度似乎只有"点到为止"那么长，从来不深入。可毕竟是大学那么一个火红的年代，尽管阿莫素面朝天，不知修饰自己容貌的不足，还是有男生招惹她。当然这男生也不是令人瞩目的一类，否则也轮不到阿莫，但是被阿莫不冷不热地对待后，仍然有些震惊，感到受了侮辱似的，似乎是阿莫不识抬举了，于是编派出一些有关阿莫的谣言在同学中散布起来。譬如说阿莫平胸，两只胸罩里其实是空空如也的。这倒也是事实，但里面没有以次充好的企图，在选择胸罩之类的问题上，阿莫也一贯地懵懂，似是而非地买来就穿了。阿莫不明白这样的秘密是如何被该男生发现的，想一想，似乎有一次两人看过一场电影，在电影院里，男生的手曾经伸进自己衣服里探索过，再仔细回想一下，阿莫脑筋的长度就到头了。

　　于是就不想了。

阿莫不知道，许多自己不想的事，已经将自己置于了凶险的境地，让自己成了被耻笑的对象。渐渐地，就再也没有情事光顾阿莫了。

那个时候，男欢女爱已经在大学里蔚然成风，阿莫和黄郁明却因着各自的原因，被阻截在了风尚的外围。要命的是，这两个人在学业上也都表现平平，甚至阿莫还是属于比较差的，于是，更理所应当地成了边缘人，无人问津，自生自灭似的。不同的是，阿莫似乎是没有感受到过风尚的存在，她被动、消极；而黄郁明，则是企图积极地主动进入，却因了手段的问题被驱逐的。所以黄郁明要比阿莫痛苦。痛苦的黄郁明倒是关注过和自己境况相仿佛的阿莫，但是看着阿莫若无其事地平来淡去，心里竟产生些愤懑——凭什么她可以这样怡然自得？抑或她是痴呆着的！这么一想，黄郁明倒有些体恤阿莫，仿佛自己也得了医治与安慰。

但黄郁明想都没有想过要去亲近阿莫。有太多的理由可以阻止他去这么想，那件卡其色的条绒外套就是一件紧身衣，束缚住他，足以让他缩住手脚，一蹶不振。

两个人真正开始接触，是大学毕业两年后的事了。

毕业后阿莫进入了另一所大学，这是在这所大学里任教的父亲促成的。阿莫被安排在这所大学的成人教育学院里工作。她的专业水准不足以使她走上讲台，就坐进了办公室，干起了行政工作。

一干就是两年，阿莫延续着她的懵懂。

接下来学院里的会计小胡调到了文学院，阿莫就接替小胡做起了会计。说起来，会计这份要求条分缕析的工作是十分不适合阿莫来做的。这一点领导也是清楚的，但学院的杨院长与前会计小胡关系暧昧，已经影响到账目的清白，于是小胡的继任者反倒需要阿莫这么一个懵懂的人了。这就是命运吧，由不得人的。各类面目相似的单据，大量枯燥乏味的数字，加剧了阿莫的懵懂。她实在不能搞懂，这些抽象的数字，居然就代表着收入与支出，代表着这个世界具体的运转。仿佛是相互作用着的，阿莫很快就和自己经管的账目一起懵懂了。

会计室和杨院长的办公室连在一起，同在一个套间里。已经调到文学院的小胡还经常回来，当然是来找杨院长。起初阿莫是没有在意的，有几次小胡从里间出来还让阿莫吃了一惊，在阿莫眼里有着从天而降的突发性，不晓得她是什么时候进去的。直到有一天，里面传出了剧烈的动静，阿莫跑进去看个究竟时才恍然大悟。

杨院长和小胡衣衫不整地连同一把断了腿的椅子滚在地板上。这让阿莫很是慌乱，平生第一次感到了尴尬，慌不择路地退出来，仿佛倒是自己被人窥到了隐私一样。

这以后阿莫就很知趣了，再有小胡来，阿莫就一个人溜出去闲转，或者在校园里，或者干脆走到街上去，信马由缰地走走。

就有一次这么走着时，一辆自行车从身后追上来，拦在了阿莫面前。骑车的男人穿着一身廉价的灰西装，瞳孔颜色很淡的一双眼睛看着阿莫，里面有着些许的羞怯。他向阿莫说道：

"是阿莫吗？"

阿莫用表情表达了自己的疑惑。对方好像很失望，悻悻地说：

"我是黄郁明啊。"

阿莫这才想起来，眼前这个消瘦得像根通条一样的男人，是自己的大学同学。阿莫说：

"原来是黄郁明啊。"

黄郁明的神情就振奋起来，他从车子上偏腿下来，用力地点点头，说：

"你还没有忘记老同学啊。"

　　一下子两个人都有些高兴，彼此似乎都得到了某种
追认。

　　黄郁明问阿莫在哪里工作，阿莫告诉了他。黄郁明
听到阿莫做了会计，脸上就流露出同情的样子来，他告
诉阿莫自己"还行"，在一家文学刊物做编辑。黄郁明说
着，很自豪的样子。因为他们是读中文的，黄郁明觉得
自己现在做着文学刊物的编辑，"还行"，是学以致用，
不像阿莫做了会计，显然是一种荒废。于是黄郁明就同
情，就自豪。阿莫当然想不到这些，只是觉得黄郁明脸
上的表情很丰富，怪有意思的。黄郁明从阿莫身上得到
了鼓舞，兴致十分高，摆出一副很忙碌的样子对阿
莫说：

　　"我现在要去约稿，阿莫你有空一定要来我们编辑
部坐坐啊。"

　　说着就骑上车子走了。骑出五六米，又折回来，一
只脚撑在地上，从怀里摸出名片递在阿莫手里，说一定
来啊。

　　后来有一天，阿莫在街上信马由缰时，就循着名片
上的地址找到了黄郁明所在的编辑部。其实是一个很简
陋的地方，一栋半个世纪前的建筑，一间铺着斑驳的木

地板的办公室。阿莫走进去时看到四张陈旧的木桌后面各自坐着一位编辑。其中一位中年妇女问阿莫找谁，阿莫说出了黄郁明的名字，对方想了一下，说：

"黄郁明啊，去楼下取报纸了吧。"

说完就埋头做自己的事了。阿莫转身走出去，走到楼梯口时，正巧黄郁明抱着一大摞报纸和信件上来。看到她黄郁明怔了一下，很不自然地笑。然后阿莫被黄郁明重新引回了屋里。进去后，黄郁明坐下了，阿莫才发现原来屋里是有五张桌子的，只是属于黄郁明的这张格外小，并且上下都堆满了稿纸和信封，被埋没了，让人一下子看不出。黄郁明有些不知所措，坐下了才意识到阿莫是不应该站着的，于是又起来，把椅子让给阿莫，同时说道：

"这位是我大学的同学。"

他是在向同事们介绍阿莫，语气却像是在自言自语。好像有人"哦"了一声，也好像没有，反正屋里的人都没有大的表示，各自埋头做着自己的事。黄郁明就沉不住气了，拉起阿莫的胳膊，小声说：

"我们出去看看吧。"

阿莫不知道要出去看看什么，只好被他慌慌张张地又领出来，却一路就被领到了大街上。

走到大街上，黄郁明解释说：

"里面地方太小，都没个坐的地方。"

然后又说：

"现在所有编辑部都是这样子的，我们这里条件还算不错的，还有比这更不好的——文学刊物嘛。"

说完这些，黄郁明就不知该继续说什么了，很认真地问阿莫：

"你怎么想起来找我呢？"

阿莫一下子也反应不过来，说：

"不是你让我有空来坐坐吗？"

阿莫觉得黄郁明有些可笑。黄郁明点点头，同意自己的确这么邀请过阿莫，可眼下怎么接待阿莫却成了他的难题。黄郁明不愿意让阿莫看到自己在编辑部里的地位。

"这样吧，"黄郁明说，"我请你吃饭好吧！"

阿莫想想就同意了。

两个人在街边找了家排档坐下。实在不是什么正规的场所，可黄郁明却正襟危坐的，很严肃地让服务员把菜单拿给阿莫看。阿莫点了几样菜，把菜单递到黄郁明手里。

黄郁明说："我就不点了，你喜欢就好。"

他强调说："今天是我请你。"

阿莫心里少有地仔细了一下，就猜到了些什么，突然又觉得黄郁明有点可爱。阿莫的猜测在吃的过程中得到了印证。黄郁明当然不是很放松，一会儿抱怨肉不新鲜，一会儿指责菜太淡，其实只是借题发挥，舒缓自己的情绪。这样，阿莫就更觉得他可爱了。两人面对面地坐着，都不是善于寻找话题的人，就都各自吃着。其间黄郁明夹了菜在阿莫的碟里，阿莫心里暖了一下。

这顿饭拉近了两人之间的距离，似乎建立起一点同学以外的关系。

第二天黄郁明就找到学院里来，同样让阿莫也吃了一惊，结果也是被阿莫领进了饭馆里，由阿莫请他吃一顿。不同的是，阿莫选择的这家饭馆高级了许多，是学院自己的一家星级酒店。倒不是刻意的，阿莫从来不懂得刻意。这里明亮、雅致的氛围更是让黄郁明坐立不安，胡乱点了几样菜，也没有勇气去用挑毛病来宣泄自己的情绪了。阿莫发现自己喜欢看到黄郁明的这副样子，像一个手足无措的少年。这次轮到阿莫夹菜给黄郁明，当两人目光相遇的一瞬间，就似乎有某种东西在两人之间生成了。在此之前，阿莫从来没有过这样的感觉：面对着一个人，尤其是一个男人，自己可以主导局面。这种感觉，阿莫挺喜欢的。

这以后两人的走动就密切起来，三天两头就能见上一面，地点多是在大街上，事件呢，就是信马由缰，一同走。

在大街上信马由缰，本来就是阿莫经常性的行为，现在，她的身边有了黄郁明。走在一起是需要有个话题聊的，阿莫没什么可供交谈的话资，幸亏黄郁明聊起了文学。他们是学中文的嘛。而且黄郁明还做着文学刊物的编辑呢。跟阿莫聊文学，黄郁明就很兴奋，能一下子昂扬起来。既然生活乏善可陈，就让文学来装点一切吧。走在人来人往的大街上，听黄郁明嘴里说出里尔克、博尔赫斯这样的名字，阿莫有种虚幻的感觉。这些名字阿莫是知道的，但现在听起来就很陌生了。在阿莫的意识里，几乎已经没有了文学的概念。阿莫对文学从来就没有过什么兴趣，像对其他任何东西一样。往往是黄郁明说得很热烈，阿莫心里却在发笑。她的注意力放在黄郁明说话时的神态上，她觉得黄郁明这时候像一只昂扬的蚂蚁。不过阿莫喜欢看黄郁明这样，于是，她偶尔也鼓励黄郁明继续说文学。阿莫向黄郁明打听文坛的一些动向，问如今哪位作家风头正劲，最后逗得黄郁明兴起，郑重其事地邀请她写一篇散文，说保证发表在自己的刊物上。

有了这篇散文的出现，两个人的话题就更离不开文学了，只是落实到了一篇散文的具体写作上面，从立意，到结构，翻来覆去地探讨出很多种可能。说得多了，阿莫那颗懵懂的心居然有了些波澜，煞有介事，真的动起了写作的念头。这是一个重要的变化，阿莫从没对什么事物认真地动念过，如今，她被黄郁明鼓动着想要写一篇散文了。

可是真要去写时，阿莫发现学中文的自己其实是写不了一篇散文的。她的脑筋已经习惯在一种长度上了，这种长度不足以支持她写出一篇散文。于是，这篇散文永远只保留在彼此的口头上，成为阿莫和黄郁明之间一个经久不息的话题。

走在大街上，黄郁明营造的文学气氛有时会被无情地破坏掉。有一回，他们突然被截住，一个妇女挥着鞋刷问黄郁明需不需要擦皮鞋。黄郁明不耐烦地摆手，让对方走开，并下意识地低头看了一眼自己脚上的鞋子。这一看，让黄郁明迅速地回到了现实当中。他脚上那双皮鞋实在是太不堪了，破旧，而且肮脏。擦皮鞋的妇女也观察到了，满脸不屑地走开，她也认为这么一双皮鞋是不值得她来擦拭的。回到现实中的黄郁明没有了谈论的兴头，垂头丧气地一言不发了。这一切都被阿莫看在眼里，阿莫心里就有一些替黄郁明难过。

于是，下一次见面时，阿莫拎着一双新买的皮鞋送给了黄郁明。黄郁明接受得居然很坦然。在黄郁明心里，他和阿莫的关系已经有了自己的定义，只是阿莫没有认识到。黄郁明当街弯下腰换上新皮鞋，抬头看阿莫，两人目光遇到一起，相视了几秒钟，于是那个定义也在阿莫的心里隐隐约约地有了痕迹。

这个时候的阿莫，就变得比以前敏感起来。譬如，她可以看出黄郁明脚上的新鞋子和身上的旧西装格格不入。于是阿莫又买了新的西装送给黄郁明，三千多块钱，阿莫没有在价格上面做深入的考虑，看着黄郁明穿上后焕然一新的样子，只是感到一个男人被自己改造后的满足。

阿莫的这些举动怂恿了黄郁明。在黄郁明心里，觉得阿莫分明是在主动地追求他。为什么呢？当然，是因为他"还行"，现在学以致用着吧！这就让黄郁明的自我感觉膨胀开，行为也少了顾忌。

黄郁明找到学院里来，拒绝和阿莫重上街头，第一次要求去阿莫的住处坐坐。

学院在单身宿舍楼给阿莫分了一间房子。是那种老式的筒子楼，走道阴暗，并且常年飘散着厕所的气味。两个人顶着氨气去阿莫的小屋。一进屋，黄郁明就抱住了阿莫，嘴唇不由分说地堵在阿莫的嘴上。他是有备而来的，搞的就是突然袭击。阿莫却被打了个措手不及，她被吓了一跳，下意识地挣扎抵抗，嘴唇张开着想要叫出来，却恰好方便了黄郁明唇舌的纠缠，被一下子吻了个实在。黄郁明进行得很坚定，蛮横得很。换了别的女人，黄郁明一定不敢这样冒进。可这是阿莫，黄郁明认为对于阿莫他可以攻城略地、予取予求。

阿莫很震惊，这完全出乎她的意料。有一刻她感到神魂颠倒，乃至有本能的愤怒。但她立刻被身体里另外一种奇异的感觉淹没，像是洇开的水。阿莫觉得黄郁明揽在自己腰上的胳膊像一根绳子，自己被拖拽着，跌进了一条河里，被这根绳子一路牵引着随波逐流。这种感觉曲折地渗透了阿莫的意识。直到被黄郁明褪去了衣服，阿莫才清醒过来。但已经无法排斥了。也许拒绝的愿望是有的，也许没有，总之，是接纳了。

两个人都是第一次，完全是凭着本能，似乎却又都想掩饰住盲目，就进行得充满了挫折。失败夹杂在莫名的惊吓里，是一种说不出的感受。黄郁明的困境更明显一些，他是在主动地进取和开掘，东一榔头西一棒子，笨拙中就有了气急败坏的味道。当突然得逞了，进入了阿莫的身体，他的感觉像一只猛然暴露在强光下、被吓得魂不附体的老鼠，有一瞬间的茫然，不动了，定格了。阿莫则在失陷的这一瞬间里，把头拼命地扭向了一侧。但是进入阿莫视线里的一件东西，让阿莫迅速地摆脱了空前的疼痛：阿莫看到了黄郁明扔在床边的内裤，一条多次洗涤后变了形状的内裤，并且，有洞。

这条可称为千疮百孔的内裤，像浪潮一样把阿莫推向了一种晕头转向的悲伤中。

当黄郁明停止下来时，阿莫仍陷在巨大的悲伤里。她紧紧地并拢双腿，把自己的伤口和血迹压在身下，隐藏住，不愿让黄郁明发现。也许是觉得太宝贵的东西不应该被太轻易地剥夺，也许仅仅是缘于羞耻。沦丧了的阿莫不知道，就像她不知道一条内裤何以让自己如此的悲伤。

　　黄郁明慌慌张张穿回衣服，他那条内裤似乎是可以不分正反的，就能那么一蹴而就。黄郁明在努力使自己显出沉着的样子。旗开得胜，一下子就进展到这个地步，也是黄郁明始料不及的。他本来只是做了要亲吻阿莫的决定，在外围突破一下的意思，可是真正开始上手，就觉得对阿莫可以扩大战果，可以这么任性而为和一鼓作气了。如今这意外的被扩大了的战果让黄郁明不安，六神无主到居然一言不发地就走掉了。

　　下午上班时，阿莫才发现自己痛得厉害。身体仿佛被劈成了两半，让她很难用正常的姿态行走。阿莫即使懵懂，也晓得努力夹紧自己总是想分开的双腿。但夹紧了，就很痛。这么确凿的疼痛让阿莫又陷入那种晕头转向的悲伤中。

　　阿莫从办公室溜出来，迈着细碎的快步，退回到自己的宿舍，靠在门上看床上那鲜血的痕迹。那痕迹很显脏的，居然是一块黑褐色。然后她脱去了所有的衣服，站在镜子前试图察看自己疼痛的根源。忽然一抬眼，看到了镜中的自己，阿莫的心一直沉了下去，想，还来不及大方地面对自己的身体，她就要安静地老去了。

    阿莫衡量不出这一切是否应该，心想，既然都发生了，那么，她应该是爱黄郁明的吧。而且，黄郁明在阿莫的眼里也的确有着可爱的地方，喏，两个人很对等，都把自己边缘的角色延续到了当前的生活中，彼此间有种天然的亲切感，在一起了，就是一种分摊。

    之后，一切就有了改变。走在大街上，阿莫开始分析路人看他们时的目光了。路人一旦被用心地审视，都变得器宇轩昂和花红柳绿了。阿莫开始自惭形秽，认为自己的身材过于单薄，面孔也显得呆板，尤其那长长的脖子，甚至让人反感。黄郁明呢，似乎没有明显的缺陷，即使衣衫简朴，来自乡间的青年也自有一股清朗之气。但黄郁明那条有洞的内裤却始终纠缠住了阿莫的心，让阿莫有着说不出的悲伤。知己知彼，将自己和世界建立起了关系，阿莫就觉着和黄郁明走在街上时有了压力，自卑的感觉常常会击中她的心，让她产生出要装扮自己的愿望。

    阿莫不愿意让自己就这样地老去。

    但是，对于如何装扮自己，阿莫也是不得要领的，只是看到别人穿了什么让她觉得好看了，就去照样买回来。但这些"照样"买回来的东西，每每用在自己身上时，阿莫就觉得不入眼了。她那根长脖子总是太突兀，任何衣服都中和不了。结果是阿莫花掉了自己所有的积蓄，只是把衣柜填得满满的。

　　终于有一天，阿莫在街上看到一个和自己十分相似的女孩子，同样的单薄，同样的呆板，甚至同样的有着长长的脖子，可是却显得非常的好看。阿莫认为，是女孩身上的那件烟灰色的高领毛衣拉开了她们之间的距离。那件毛衣真是别致，从脖子到手腕细细地裹住，却将两只肩膀裸着，于是就分散了人的注意力，于是就让和阿莫一个类型的女孩好看了起来。阿莫得到了启示，就去寻找这样的毛衣。还真的找到了，但标在上面的价格却让阿莫吃了一惊，居然要五千多块钱。阿莫第一次被一个数字吓住。虽然没有经验可供她来衡量这个数字，但阿莫还是觉出了贵。——它好贵啊！阿莫在心里叹息着惊呼了一声。阿莫发现自己囊中羞涩，是买不起这件毛衣的。

　　可她几乎是不假思索地就决定要买下来。

　　阿莫为了这件别致的毛衣，第一次把手伸向了自己掌管着的公款。阿莫是会计兼着出纳，这是前任小胡在职时就形成的。从保险柜中取出一叠钱时，阿莫的心也是惶惶的，但绝对没有犯罪的感觉，这可能和黄郁明将那件卡其色外套穿在身上时的情绪是一样的。

阿莫在去买毛衣的路上就恢复了常态，笃定地计划着：攒上两个月的工资，就可以将这笔钱还回保险柜里去。

穿上新买的毛衣，阿莫展示给黄郁明看，果然就有了效果。黄郁明仿佛对阿莫有了新的认识，过来拥抱阿莫时变得小心翼翼，没有了肆无忌惮的态度，不再是恃强凌弱，是平等外交，是不亢不卑和有理有据。这时候，他们已经熟悉了彼此的身体，因为已经有过若干次了。可是这一次，有了不同的感受。从始至终，那件毛衣都没有被脱去。黄郁明是在和只穿着一件毛衣的阿莫做爱。或者是在和一件毛衣做爱。黄郁明在这件毛衣面前产生出了睦邻友好般的慎重，有所顾忌的欲望缺少了舒展，却有了更加强烈的弹性，张弛之间，很刺激的。被包裹着的阿莫，也产生出别样的滋味，第一次从性爱中觉出了游刃有余的酣畅。那件毛衣如同捆绑着她的绳索，制约着她的身体，于是扭曲着，挣扎着，其实是迎合着。

这样，就不是一场单方面的行为了，两个人都投入进来，是一种谈判和交涉，双双都设身处地了，有着礼尚往来的通融。

两个人都被物质的力量点燃了，心想，原来一切可以这么好。

阿莫似乎是找到了某种途径，有些柳暗花明、豁然开朗的意思。五千多块钱的一件毛衣，本身就是一个象征；昂贵，本身就是一种力量。这种象征性的力量可以改变人，给一个人的分量增添砝码，把一个身材单薄、面孔呆板的长脖子女孩变得细致、矜重。

阿莫又陆续用公款购买了一些价格不菲的衣饰。往往是这个月补上了窟窿，下个月又把窟窿弄得更大。这些价格不菲的衣饰穿戴在阿莫身上，怎么看就觉着怎么好，万千变化，都在潜移默化中发生了。

有一回，和黄郁明看电影，阿莫居然被剧情感动得落了泪。电影是一部老片子，《泰坦尼克号》，当露丝松开杰克的手，一任他沉入海底时，阿莫禁不住泣不成声。这是从来没过的，以前的阿莫没有这么的多愁善感。这说明阿莫那颗天然懵懂的心已经被雕琢了，被镂刻了，如切如磋，如琢如磨，呈现出生动的迹象。

黄郁明的改造更彻底一些。阿莫用同样的方法来改造他，衬衫都给他买的是上千块钱一件的。而物质的力量作用在黄郁明身上，显得更加有效。那件从大学时代就束缚着黄郁明的条绒外套，终于在阿莫的帮助下甩掉了。现在的黄郁明一身光鲜，被簇拥出挺拔的样子来。有一次，阿莫去编辑部找黄郁明，看到他坐在那位中年女编辑的桌子上，歪着身子与同事们说笑，那神情，那姿态，完全是一个谈笑风生、自信干练的外交家形象。黄郁明的办公桌也换了，换得和别人的一样大。阿莫心里想，可能黄郁明也不用去为同事们取报纸了吧。

国庆节长假的时候，他们去了一趟黄郁明的老家。

坐了三个多小时的长途汽车，阿莫被带到一个偏僻的小山村。以阿莫的阅历，是甄别不出这里的贫穷的，反而是觉得好。他们没进村子就被一群小孩围住，接着就有成年人跟过来和黄郁明热情地打招呼，众星捧月似的。阿莫没有被人这么簇拥过，心里就生出喜欢来。在黄郁明家的院子里坐下后，仍有人不断从敞开的大门外探进脑袋来，目光盯向阿莫，里面写着羡慕，还有些尊敬的味道。阿莫十分愉快，明白自己在这些目光里是卓然不凡的。

傍晚的时候，黄郁明带着阿莫来到了那片向日葵的面前。

爬过一座低矮的山坡，一片在夕阳下极尽灿烂的金黄色刺痛了阿莫的视觉。它们出现得太突然，翻过阴坡，视线刚刚越过山脊的阻碍，它们就扑面而来，像一片汹涌的、金黄色的海水。他们顺坡走进这片辉煌的金黄色。黄郁明一瞬间找不到阿莫了。他在自顾往里深入，不知道落在身后的阿莫已经在刹那间六神无主。在这些沸腾的植物面前，阿莫仿佛是被陡然催眠了一般。黄郁明大声叫着阿莫的名字，找回来，一眼看到身陷葵花之中的阿莫，倏忽觉得她也像是一株肃立着的葵花。

两个人在向日葵的缝隙中自由地躺下去，脸庞随着向日葵的花盘迎向夕阳，朝着已经衰竭的光明，陷落在无边无际的植物中。阿莫突然间被感动了，很多情感在内心生长出来，有一些颓唐，还有些哀伤似的。但这颓唐和哀伤却是温和的，类似于一种情调般的东西。黄郁明的一只手伸过来，伸进阿莫的衣服，从肋骨开始，细

碎地向上抚摸。一个问题从阿莫的嘴里脱口而出，
她问：

"黄郁明，你爱我吗？"

很长时间，阿莫都没有得到黄郁明的答案。黄郁明
只是轻轻地抚摸着她的身体。四周枝叶□□，阿莫静静
地躺着，心里有种说不出的落寞。其实阿莫也不知道自
己希望得到怎样的答案，这个问题，其实更可能只是在
诘问她自己。

接着阿莫就听到了黄郁明的抽泣，突然感觉是什么
击在了自己的胸口，顿时也泪流满面了。

对于爱情的质问，抑或是傍晚的向日葵，年轻的人
不知道是哪样具体的东西触动了自己，令他们不能
自持。

自己究竟爱不爱黄郁明？这个问题时常会出现在阿
莫的心里，答案都是模棱两可的。有些深刻的东西一旦
被脑筋所触及，只能令阿莫懊丧，无法细究下去。阿莫
进入到另一种懵懂的生活中，不假思索地挪用公款，拒
绝体会其间的危险，不问爱与不爱，宁愿自己是爱了。

二

　　被改造了的黄郁明，最大的变化是交际多了起来，这是自信心重拾的表现。黄郁明热衷于参加一些文化人的聚会，也拉了阿莫同去。

　　都是些有趣的人，男男女女，癫癫狂狂的，聚在一起喝酒聊天，喝多了就口出狂言，做出些放浪形骸的状态来。阿莫起初觉得有趣，接触得多了，就渐渐觉出了无聊。再参与时，阿莫就只把这样的聚会当作是自己的一次演出了。阿莫在这群人中得到了欣赏。他们都是些自命不凡的人，所以都力求见怪不怪，于是不善修饰、常常把很昂贵的衣服搭配出古怪来的阿莫，倒被他们大加赞赏起来。他们说，能把专卖店里的衣服穿出地摊货的感觉，这也是种能力。

　　这就助长了阿莫的无知。

　　初冬时，阿莫把一件牛仔短外套罩在一条很正规的羊绒连身裙上，脚上穿一双运动鞋，对着镜子时自己都觉着不伦不类，心想这回该吓他们一跳了吧？可见面后大家仍是交口称赞，说阿莫前卫。这让阿莫十分快乐，有点恶作剧般的，想测量一下这帮人审美的极限。于是，阿莫愈发大胆地乱穿起来，结果歪打正着，竟渐渐地穿出了心得，怎么穿怎么觉得有理，人的精神面貌就也有股舍我其谁的味道了，倒真的显出了与众不同的范儿。

又一次聚会，地点在一位叫潘洁的电视台女主持人家里。阿莫穿了双羊皮的小靴子，无袖的长裙套在黄色的毛衣外面，因为天气寒冷的缘故，肩上裹着条橙色的方格大披肩。现在的阿莫喜爱橙、黄这样的色调，她在追念那片葵花，力图将自己也塑造成那样的一株植物。这一次阿莫尝试着给自己化了妆，两条眉毛没有画匀称，浓淡不一，嘴唇也涂得过于丰满了些。就这样，大家还是表扬了她。

潘洁四十多岁，人很漂亮，丈夫远在加拿大，在圈内有一位公开的作家情人，倒是她看出了些名堂，问阿莫肩上的披肩是宝姿的吧，阿莫想一想，的确是宝姿的。潘洁说，要三千多块钱吧。阿莫很佩服对方的眼力，能够把一条披肩的牌子和价格看得这么准。

聚会到尾声时，参与者都按部就班地进入了想要的醉态，开始胡言乱语，围在一起听一位中年诗人讲自己是"最牛✕"的，女主人和自己的作家情人不露声色地进了卧室。这时门铃响起来，潘洁在卧室里喊人去开门，却没一个动的，大家都不愿意承认自己还清醒着，能够听懂人话。阿莫就去开了。门外站着一位高高大大的男孩子，穿着厚厚的羽绒服，裹挟着一身的寒气。阿莫还没来得及问话，男孩子已经自己进到了屋子里，声音响亮地叫着：

"妈妈！妈妈！"

一屋子的人个个不知所云，醉眼蒙□地看他。这真是个英俊的男孩子，站在屋子里，就是一个顶天立地的架势。潘洁半天才从卧室里闪出来，面色潮红地扑向男孩，叫道：

"冬子，你怎么回来了？"

男孩毫不羞涩地搂住自己的妈妈，说：

"学校今年假放得早些。"

潘洁向屋里的人介绍道：

"我儿子，在北京学画画，叫冬子，随我姓，就叫潘冬子了！"

大家都笑，说潘冬子好啊，根红苗正，是一颗闪闪的红星。

潘洁又向儿子挨个介绍屋里的人，潘冬子无一例外地对每个人点一下头，唯独介绍到阿莫时，他伸出两只手，猝不及防地将阿莫的手握住，叫一声：

"阿莫姐。"

阿莫觉得握住自己的这双手实在是太大了，实在是，太大了。

第二天，黄郁明打电话给阿莫，说潘洁请阿莫去趟家里，至于是什么事情，黄郁明也不大清楚。阿莫猜测着去了，潘洁很神秘地对她说：

"我儿子想请你帮个忙。"

阿莫不明究竟，看看坐在自己对面的潘冬子，这才发现，对方的眼睛一眨不眨地正直视着自己呢。阿莫一下子慌了，问：

"帮什么忙啊？我能帮什么忙啊？"

潘洁严肃地说："做我的儿媳妇啊！"

阿莫是真的被吓住了，听着潘洁笑起来都没有完全意识到这只是个玩笑。

潘冬子也笑着，说："我想请你做我的模特，我来画一幅油画。阿莫姐你真的很特别，像莫迪里阿尼笔下的女人。"

阿莫很恍惚，不能确定这是不是又是一个玩笑，倒是莫迪里阿尼这个名字让她觉得亲切，"阿"呀"莫"呀的，有两个字是和她的名字一样呢，嘴里重复一遍：

"莫迪里阿尼——是谁啊？"

潘冬子说："是位意大利画家。"

说着他抱来一本厚厚的画册让阿莫看。阿莫看着画册上的一幅幅女人们，起初觉得她们真是丑啊，长长的细细的脖子，一副木然的表情，并且全都是溜肩。难道自己就是这样子的吗？阿莫头埋得很深，心里愤恨着，装作是在看画册，渐渐地，却只看到一只男人的白皙、修长的手，在一页一页地替她翻页。每当这只手落在画面上那些女人们的脸上时，阿莫就觉得是落在了自己的脸上，仿佛自己真的和这些画中的女人们融为了一体，脸在不知不觉中已经是滚烫了。

"你能够看出她们的美吗？"潘冬子在身边问阿莫，又说："这是艺术史上最美的一些女人的造型，那么独特，哀伤，痛楚，嗯，有着动人的冷漠。"

阿莫觉得这就是在夸奖自己了。她已经认同了画面上的这些女人，是的，这就是一个个的阿莫，虽然有着长长的细细的脖子，虽然有着一副木然的表情，虽然溜肩，但是，却哀伤、痛楚，嗯，有着动人的冷漠！重要的是，这些女人几乎全是被橙黄、橘红这样的色调描绘出来的，她们寂寥地端坐或者肃立，宛如一株株明丽而又孤独的葵花。

就这样，阿莫特意换上了一件橘黄色的大毛衣，做起了潘冬子的模特。

她正好在假期里，每天早上十点钟赶到潘家，一般画四五个小时。潘洁中午不回来，阿莫就下厨替自己和潘冬子做些简单的午饭。这样做阿莫觉得很自然，在心里面，阿莫认为自己应当是眼前这个高大帅气的男孩子的长辈。可是这样的认识又经常会动摇，阿莫突然会在一瞬间想起他的手指，修长、白皙，似乎自己的脸庞真的被这样的手指抚摸过。她可以闻到这手指上的气息，颜料和松节油的味道，是一种咄咄逼人的、类似生铁一般的气息。阿莫不能确定这种奇怪的感觉是因何而来的，也只有懵懂着。

坐在潘冬子的面前，阿莫试图让自己的目光游离开，可是画架另一面的那双眼睛却不容她逃离，会坚定地捕捉，并且牢牢地掌控住她。他在凝视，在分析，在沉思着欣赏，在欣赏着沉思；有时候他的眼睛会眯成一条缝，说明他在鉴定，阿莫于是就有了被放在显微镜下研究着一般的局促感。大约半个小时，潘冬子会扬扬手中的画笔，表示阿莫可以休息一会儿。阿莫就从沙发里直起身子，扭动一下四肢。有时候他画得忘情，没有了时间的概念，阿莫即使已经感到了身体的僵硬，也不去提醒他，赌气似的，和某种东西对峙着。一切是那么安静，安静得阿莫的心思活跃开，再遇上他的目光，就需要掩饰着自己的慌张。这时阿莫会注意到，画架上面露出的那半张脸简直让人不敢正视，那么的青春，那么的干净。直到对面的画笔扬一扬，再扬一扬，把她惊醒，阿莫才会夸张地伸伸腰。

阿莫很想看看自己在这个男孩子的画布上是副什么模样。但潘冬子不允许，语气坚定地说：

"没有完成时，除了我，谁也不许看。"

阿莫犹疑着，心有不甘，问他："我也不行吗？"

他回答得可干脆了："不行！"

阿莫就打消了念头。她相信这个男孩子，相信在他的笔下，自己是"哀伤、痛楚、动人的冷漠"。但是注意到男孩子脚下的调色盘时，阿莫又有些担忧。她看到数十种颜色堆积在上面，然后被画笔草率地搅拌在一起，心里想，我就是这么乱七八糟的吗？

一个礼拜过去，画还没有完成。阿莫想原来完成一幅油画需要这么长的时间啊，再想一想，又觉得时间并不算很长。其间黄郁明来过一次，凑过去要看看潘冬子的成果，不料被坚决地甚至是有些粗暴地推开了。潘冬子面无表情地命令黄郁明离得远一些。这就让黄郁明难堪了，眼睛看向阿莫，求助般地。可阿莫无动于衷地蜷在沙发里，置若罔闻，一动不动。因为那支画笔没有扬起来，阿莫是不会动的。黄郁明只好尴尬地自己走掉了。潘冬子一边画着一边突然问一句：

"他是你男朋友？"

一个很简单的问题，阿莫却感到难以回答，只能似是而非地"喔"一下。

潘冬子说："他不配你的。"

阿莫骤然间愤怒了，猛地从沙发里跳起来，转身就向门外走。潘冬子被她吓住了，从后面拽住她的胳膊，有些口齿不清地问：

"阿莫姐，我说错什么了吗？"

阿莫奋力甩开他，喊道：

"你一个小毛孩子，凭什么评论别人？"

说完她飞快地冲出门去，跑到了大街上。

已经临近春节了，大街上欢乐的气氛让阿莫一下子有些茫然失措。一队扭秧歌的老年人和着喧天的锣鼓迎面而来，不知为什么，顿时让阿莫的眼泪夺眶而出。她低着头从兴高采烈的老人们中穿过，心中充满了挣扎的痛苦，就这么一边哭泣着，一边往回走。许多以前不敢想、无法想的事情涌上心头。阿莫想着自己与黄郁明，也想起了私拿公款的事——那可能已经是一个天文数字了吧？——泪水就更加地不可抑制。

走到学院门前时，阿莫突然被人从后面拽住了手。不用回头，阿莫就知道这只手是属于谁的。它太大了，实在是太大了，白皙、修长，在想象中，曾经抚摸过她的脸庞……

潘冬子其实是一路跟着阿莫的，看她在前面边哭边走，他的确是吓着了，不明白自己的一句话何以让阿莫如此激动。

阿莫的头低垂着，不能够仰起脸去面向这个男孩子，听见他对自己说：

"我带你去一个有趣的地方。"

阿莫在一瞬间丧失了所有思维，无所谓情愿，也无所谓不情愿地被那只手牵引着走了。就这么走着，阿莫觉得在刺骨的寒冷中，唯有自己被牵引着的那只手是温暖的。这温暖就是她蒙昧的方向，她信任这温暖，可以始终低垂着头，不用去辨别道路，甚至可以闭上眼睛，像一个盲人般地任由它引领着自己。

冬天的夜晚来得特别早。当整个城市弥漫着稀薄的铅色时，他们已经走到了城市的边缘。周围已经没有比较高的建筑了，在突然之间也没有了路灯，坑洼的路面让他们有些跌跌撞撞。终于，那个"有趣"的地方出现了：几条并行的铁轨，在信号灯的照射下发出几乎是透明着的冰冷的光。

"有硬币吗？"潘冬子问阿莫。

阿莫的手伸进口袋里摸，没有，她的身上没有硬币。阿莫希望自己是有的，虽然她不知道他要做什么，但她渴望满足这男孩子的一切要求。

"你等一下。"潘冬子说着，飞快地跑开了。

他穿过铁轨跑向对面的一家小杂货铺，然后又飞快地跑回来，手里提着一瓶啤酒，说：

"换到了。"

　　他把攥在手心的两枚硬币亮给阿莫看。阿莫没来由地一阵喜悦，看到了什么梦寐以求的东西似的。

　　潘冬子躬身将两枚硬币放在铁轨上，拉着阿莫退后几步，席地坐下。他没有解释，阿莫也完全没有探究的企图。夜的气味，土地的气味，铁轨的金属气味，让他们的感觉有了一种亘古的、冷冷的冻结感。潘冬子用牙齿咬开酒瓶的盖子，几乎是一口气就喝光了酒，然后大口大口地向外呵出一团一团的气。

　　耳边有了火车的轰鸣声，远远地传过来，渐行渐近，大地在颤动。

　　潘冬子说："来了！阿莫姐，如果我可以把火车装进酒瓶里，你就不再生气了行吗？"

　　阿莫恍恍惚惚的，任由他把酒瓶贴在她的右眼上。于是，当远方的火车呼啸而来时，随着地面一同轻颤的阿莫，真的看到它宛如一条蛇游的鱼，在酒瓶中旋转了一圈后，骤然消失。

　　他真的把火车装在了酒瓶里。

　　这个游戏让阿莫有种童话般的感觉，当潘冬子低头在铁轨边寻找良久，终于欢呼着跑回面前时，她仍然如在梦中。

潘冬子把一只手攥成拳头，伸在阿莫的眼前，慢慢地，一点点张开。阿莫看到那两枚叠加的硬币被火车压成了亮亮的一块小饼，微微错开，而且，具有了两颗心的形状。潘冬子要求她摸一下，她就去触摸这奇异的小东西。它居然还有着烫手的温度，但瞬间就冰冷下去，像淬火的铁，颜色也一点一点地晦暗。

阿莫有种疼痛的绝望，是一种毁于一旦的感觉，似乎是因了自己的触摸而败坏了这个神圣的物品，耳边全是潘冬子响亮的笑声。他说：

"你弄坏了我的心，现在我们扯平了，你不能再生我的气。"

阿莫的心却一下子变得尖锐起来，觉得有什么东西令自己急迫，整个人都绷紧了。

回去的路上，这种感觉一直穿刺着阿莫。阿莫觉得自己是生病了，在路边买了矿泉水，边走边把这冰凉的水大口大口地喝下，像是要把自己浇筑成一个冰雕。

但无济于事。

回到学院门口，当潘冬子说出再见时，这种疾病的感觉一下子达到了顶点，一种少有的、疯狂的盼望，像刺刀贯穿了阿莫。阿莫用尽全力地攥紧这男孩的手,说不出一句话,只执拗地、不遗余力地攥紧。他们穿过校园冷清的路灯,穿过筒子楼里各家堆放在门外的杂物,穿过氨气,房门在身后砰然闭住……

　一切都是在无声无息地上升着,像一条来历不明的河流,不知道它是在哪一个严重的时刻突然汹涌起来。男孩赤裸着的身体毫无瑕疵,青春的躯体所焕发出的纯洁的气息压抑了阿莫,令她感觉到了羞耻。阿莫吃惊地发现,自己居然把全部的注意力都投向了生理的感受。供暖不佳的宿舍宛如一个冰窟,但赤裸着的她是却是如此炽热。阿莫越是感觉到羞耻,越是激昂,身体无限地打开,抛撒出无限的欲望。当这欲望爆裂的瞬间里,阿莫产生出了巨大的憎恨。她憎恨黄郁明,憎恨黄郁明是那么不由分说地袭击了她。如今,阿莫多么渴望自己的身体下面会留下痕迹,为了这个男孩子,为了自己。

　潘冬子告别时阿莫依然僵硬地仗直着身体。同样是企图掩盖住什么,尽管他完全没有探究的意思。

　第二天,阿莫去见潘冬子时买了只昂贵的手表送给他。送什么并不重要,重要的是这么做阿莫似乎会缓释一些。在这男孩的面前，她有负罪的感觉，以为是自己引诱了他，甚至是败坏了他，如同真的是因了自己的触摸而败坏了那心形的硬币。潘冬子戴了手表在腕上，左右看看，说：

"太老土了。"

他这么率直，让阿莫惴惴的，有种无颜以对的滋味，心里决定马上和黄郁明结束掉，或许那样自己就会坦然一些了。

潘冬子是若无其事的样子，按部就班地开始画画。他这样子，更让阿莫在内心里痛恨自己。所以当潘冬子放下画笔走过来俯身吻住阿莫时，阿莫一瞬间居然有一些排斥。也只是一瞬间，阿莫就被随之而来的喜悦淹没，热烈地回应着。他们就在沙发上缠绵。阿莫无意中看到了一面镜子，自己和男孩的身体映在里面，屋内的光线恰是一种鹅黄的色调，被这种色调笼罩着的两个人，同样具有无辜的气息。这让阿莫感到了欢欣鼓舞。电话突然响起来，男孩依然不肯离开阿莫的身体。铃声不绝于耳，让阿莫紧张，问：

"不去接一下吗？"

男孩喘息着说："一定是妈妈，不用接的。"

这个回答让阿莫骤然收紧了身体，心里怙□着，空空地痛一下，有种罪恶的感觉。

离开潘冬子，阿莫就约了黄郁明在市中心的广场见面。她先到了，坐在木椅上等。半个多小时后，黄郁明才漫不经心地踱来，在她身边坐下，腿跷起来问：

"怎么想着在这儿见面啊？天这么冷。"

说着他竖起皮夹克的领子，把脑袋缩进去。阿莫不知从何说起，看着黄郁明衣冠楚楚的样子，脑子里却浮出他那条多次洗涤后变了形状的、并且有洞的内裤，心想，完全是因了自己，黄郁明才有了今天的气象，于是就想到自己偷了公家的钱，不知会遭到什么惩罚。这是阿莫第一次把自己的行为定义在"偷"上面，也是第一次想到后果，一想，立刻就不寒而栗了。恐惧来得如此犀利，几乎让她要失声尖叫。

阿莫惊悸地喊道："黄郁明我们结束吧！"

黄郁明被这声音吓了一跳，茫然地看她，试探着问：

"你怎么了？说什么？"

阿莫虋觫不已，喊道：

"黄郁明我们结束吧！"

　　黄郁明的脸凝固住，体会着这句话，整个人一点一点地枯萎下去。

　　广场的空地上，一个四五岁大小的男孩子正在模仿着一只麻雀。麻雀可能是受了伤，一只翅膀耷着，却飞不起来，只能趔趔趄趄地向前冲着。小男孩学着麻雀的姿态，也把一只肩膀耷着，脚步蹒跚地跟在后面。这情景触动了黄郁明的文学细胞，他呆呆地看了半天，突然说道：

　　"我明白了，我是在求生，而阿莫你，是在游戏。"

　　这个比喻如此响亮，黄郁明用了"求生"这样严峻的词来表达自己的处境，不禁令阿莫震惊。但阿莫立刻想到自己并没有"游戏"啊，她想黄郁明的翅膀无非就是如今穿在身上的这件皮夹克罢了，一旦脱去，就会受伤。那么黄郁明你知道我是如何替你安上这翅膀的吗？你甚至从来没有问过我哪里来的这么多钱。这样一想，阿莫的心就空前地冷酷起来，她对自己说：我也是在求生！现在阿莫只想迅速地摆脱掉黄郁明，因为，她有了自己的爱情。

　　接下去是甜蜜的日子。潘冬子继续着他的创作，不同的是，每次间隔半个多小时的休息时间都被他们用来亲热了。摆脱了黄郁明，阿莫为自己心中的爱情找到了慰藉和凭据，多少有些如释重负的感觉，似乎可以投入得心安理得了。渐渐地，阿莫甚至忘记了自己和这个男孩之间年龄上的差异——六岁，这个说大不大，说小不小的落差，开始从阿莫的心里淡化了。她偶尔会像个小女孩似的给对方撒娇。在这个男孩面前，阿莫焕发出所有女孩子在恋爱中的情感，忐忑，多虑，时而又得意忘形。

当分离突然来临，阿莫的心一下子沉到了谷底。

假期即将结束，潘冬子要回北京了。那幅画仍然没有完成，也许是后期用在它上面的精力太少的缘故吧。画被潘冬子用报纸包起来，再用透明胶带缠住，说是回到学校后会最终完成。阿莫始终没有看到这幅画的状况，她不敢拂戾男孩的意愿，心甘情愿地服从。如今看到画被包起来的样子，心想这里面是自己啊，被打成了包，捆绑着，成为他的行李。这么一想，幸福的感觉就有了，但立刻又意识到即将的分离，不由得心如刀割。

阿莫买了两部诺基亚手机，相同的款式，一部黑色，一部白色，黑色的送给潘冬子，白色的留给自己。

这是她唯一能够做的——保证着彼此不断了消息。阿莫没有机会去送送潘冬子，当着潘洁的面，她也没有理由额外地多表达些什么。前一天他们做爱时，有一句话始终噎在阿莫的喉咙里，那就是"你爱我吗"，这句话让阿莫如鲠在喉，却终究没有问出口。阿莫是真的感到了痛苦，爱情一下子变得这么的虚妄，需要她从根本上去回避某种东西，无法面对，不敢追问。

最后一次离开潘家，阿莫走到楼外回身向阳台张望，可潘冬子并没有出现在上面。

阿莫走出很远了，仍在巴望地想，如果他喊我，再远我都听得见。

随后阿莫就陷入令人窒息的思念当中。她痛恨自己为什么没有更加炽热地表达出爱情，为什么不坦然地对男孩说出：我爱你！

潘冬子很快就打来了电话，听到对方声音的一刹那，阿莫的眼泪一下子涌了出来。从此就频繁地打电话过去，每次心都纠结着，却还是没有说出"我爱你"。于是就频繁地谴责自己。

潘冬子的语气始终洋溢着无忧无虑，在电话那头都能够把青春的马虎气息传递过来。他几乎从不主动打电话给阿莫，都是阿莫打过去。阿莫忍不住问他为什么，他回答说：用手机打长途很费钱的。阿莫留心一下自己的手机费用，发现的确是一个可观的数字，于是，不假思索地，第二天就给男孩寄去了两万块钱。当然还是公款。令阿莫不解的是，几天后，这笔钱又原封不动地退了回来。潘冬子在电话中说：

"我不能要你的钱，否则我会把这些钱都换成硬币，放在铁轨上去压的。"

说着，就是响亮的笑声，让阿莫更加着迷。

阿莫活在自己的爱情里面，每时每刻都是有所期待着的。

在春天到来的时候，潘冬子在电话里告诉阿莫：那幅画已经完成了。像是找到了一个借口，阿莫立刻做出了决定，她要去北京，去看那幅画，看画中的自己是如何"哀伤、痛楚、动人的冷漠"着。做出这个决定，阿莫没有征求潘冬子的意见，她希望自己也会让他出其不意，就像他能够把火车装进酒瓶一样。

请了一个礼拜的假，阿莫踏上了旅途。

她选择了火车，觉得亲切，因为是火车曾经把两枚叠加的硬币碾成了心连着心的形状。这是阿莫有生以来的第一次远行，她几乎没去过什么地方，一路上心里惴惴的，常常有不知道自己身在何处，要去往哪里的仓皇感觉。在火车上阿莫受到了惊吓，她的上铺是一个喝了酒的人，总是把一条腿耷拉下来，一只巨大的脚整夜晃荡在阿莫的眼前。

到了北京站已经是黄昏时分。阿莫站在拥挤的站外广场上，一切是那么陌生，孤独的感觉油然而生。她在火车上没有吃一点东西，只是喝了大量的水，此刻她觉得自己整个人都是被水充满着的。阿莫穿越这座庞大的城市，去寻找自己的爱。

潘冬子所在的大学倒是很好找到，但阿莫在里面却没有找到潘冬子。在学校的宿舍楼里，一位大学生告诉阿莫：潘冬子啊，他不住学校，在外面租房住。阿莫向对方要了地址，重新穿越这座城市，继续她的寻找。坐在出租车里，阿莫有瞬间的冲动，想拨通潘冬子的手机。孤独感令阿莫无比地彷徨。但她还是坚持住了，将送给男孩子的那份惊喜保留着。那部白色的诺基亚手机始终被她攥在手里。

潘冬子租住的地方远得出奇，在阿莫的感觉中，似乎是在另一个城市了。沿路不断有著名的建筑物出现，热情的司机给阿莫介绍着。但是阿莫却视若无睹，充耳不闻，好像窗外那些著名的建筑此刻依然只是被印在一张张图片中。

车终于停下，但司机告诉阿莫还没有到，只是车子进不去了，她得自己走进去。

阿莫走进去的是一条狭窄的胡同，两边是低矮的平房，路灯惨惨地黄，春天夜晚的风穿堂而过。阿莫想，这就是通往自己爱情的路吗？在胡同阒寂的尽头，阿莫找到了潘冬子的房子。令她惊讶的是，她还看到了夜晚的铁轨——同样的横陈在大地上，同样在信号灯的照射下发出几乎是透明着的冰冷的光。阿莫的心温暖起来，有着时光倒流、昨日重现的百感交集。

那间平房亮着纯净的灯，阿莫走近它，透过窗户向里面张望。她看到了自己爱着的男孩，也看到了其他的东西。一张床垫席地而放，潘冬子侧卧在上面，一个长头发的女孩趴在他的肩头，两人在翻看着同一本画册。

阿莫居然没有感觉到痛苦。她静静地站在窗外，只是觉得那女孩真是漂亮啊，有着不加任何雕琢的美。接下去，阿莫看到了自己，是那幅画，立在墙角边。阿莫好像是在镜子里看到了自己，真的是一致的，细长得古怪的脖子，锁骨嶙峋着，像戴了枷，木然的表情，呆板的脸上写着"哀伤、痛楚、动人的冷漠"。画面也果真是一片橙黄，但这种温暖的色调却显得如此沉郁。

阿莫在窗外凝视了足足有十分钟，然后安静地走了。

她沿着铁轨走，心里没有一丝的波澜，像是走在一个巨大的梦中，不知道自己身在何处，不知道自己因何而来，一切仿佛都没有发生过，像一只曾经饱满的气球，飘到天空，最后不知去向，或者突然爆炸，无可挽回。就这么一直走着，一瞬间恶毒的情绪涌上心头，阿莫一下子仇恨起来，用力摁出手机号码。可是当对方的声音响起来时，这股狠劲儿就立刻消失了。阿莫不知道该说些什么，嗫嚅了半天，突然说一句：

"我是在求生，而你，是在游戏。"

这话说得阿莫自己都莫名其妙，潘冬子爽朗地笑起来，说：

"你说什么啊？阿莫姐你是在背台词吧？"

这笑声让阿莫不敢聆听，慌乱地合了手机。她突然尿意汹涌，这种感觉太强烈了，不能不让她迅速地想要解决掉。阿莫紧张地跳下路基，躲在一堆草丛后面，蹲下去排尿。她一边尿着，一边就哭了起来。

三

　　从北京回来，阿莫像换了个人似的，突然之间焕发出万千魅力。

　　她的面孔变得生动，总是情绪高涨、热情洋溢，一副身心焕然的样子。以前阿莫的那些衣服、饰品是不穿戴到办公室的，现在却一件件地展示出来。奢侈品的光芒本来就足以引人瞩目了，再加上阿莫突然对于装扮自己也无师自通，浓妆淡抹，总是相得益彰，就更加让人刮目相看。这种变化是强烈的，立刻就被人注意到，于是马上就有年轻的教师追求阿莫。

　　阿莫也不摆出拒人千里的样子，对大家都一视同仁，似乎给每个人都留着机会，结果就形成这样的局面：自认为和阿莫确立起了关系的，同时竟有好几个人。往往是从周一到周末，阿莫天天陪着不同的人吃饭，一样的笑谈妩媚，给每个人都制造出一种暧昧的错觉。不过也仅限于一起吃饭。令阿莫不解的是，如今的这些追求者，论条件，都算得上是不错的男人，却没有任何一个如当初的黄郁明那样，果敢坚决，雷厉风行，敢于对她不由分说地下手。在阿莫面前，他们都是谦逊有礼的，甚至是战战兢兢的，众星捧月一样，更是让阿莫有了蒸蒸日上的气象。

被惯出毛病的阿莫常常寻他们的开心。譬如，她总是选择特别高级的饭店和他们吃饭，看他们在用餐的过程中都处于心神不宁的状态，阿莫就窃喜；结账时他们如临大敌，反而是阿莫付了钱，于是出来后一个个都有些灰灰的垂头丧气。

玩得次数多了，花样多了，阿莫胆子就大起来，让游戏升了级。

其中一个追求者，三十岁出头，教英语，已经是副教授了，是条件比较好的，自视也颇高，阿莫就和他格外好一些，有意无意留出些空隙和余地，算是暗示，想试探一下对方的侵略性。终于有一天，副教授在自己的家里拥抱了阿莫，冲锋号一旦吹响，接下去就按部就班地完成了一切。阿莫这才意识到，如果自己是一座城池，那么这座城池远没有自己想象的那般森严，无论愿意与否，一旦对方行动起来，自己是只能够被动承受的，一任人家破门入户，凯歌高奏。

既然一切都按部就班了，就意味着对方有了一个切实的理由。副教授开始干涉阿莫的行为，打扫战场，肃清流寇，和其他的追求者闹出些不大不小的冲突。消息在学院里散布开，就有了舆论，把阿莫推到了婚姻的边缘。

面临这么重大的问题，阿莫就暴露出了本性的懵懂，只有被惯性推着往前走。她斥巨资装修了副教授的家，整个房间都用昂贵的冰碎玻璃包裹住，甚至一些家具也用玻璃来装饰了，出来的效果现代得让人倒抽一口冷气。

副教授疑惑地说："的确是有震撼力，不过是不是显得冷漠了些？"

阿莫说："这是动人的冷漠。"

这样，就把婚期定了下来。

装修完房子，阿莫用了整整一个上午的时间来做一件事：核对自己究竟偷了多少公款。她要结婚了，觉得是该清算一下了。

阿莫仔细地清理了账目后，短缺的那一部分数字令她震惊。这是阿莫第二次被一个数字吓住，第一次是那件烟灰色高领毛衣的价格。怎么会这么多呢？世界在阿莫的眼中骤然变得严峻。这个世界真的是"动人的冷漠"啊，冷漠到居然从来没有一个人追问过阿莫挥霍的那些钱是从何而来的，就那么一笔一笔地抽象地记录着，直至它们发展到如今这么一个恐怖的黑洞，需要阿莫到上帝的面前交账。

相对而言，副教授算是好一些的，毕竟和阿莫形成了那么一个积极的关系，看着阿莫这样大事筹备着婚礼，他终于问了：

"阿莫阿莫，你哪里来的这么多钱？"

阿莫不作声。过了一会儿，副教授已经忘记这个问题了，她冷不丁说一句：

"偷的。"

副教授当然是听不懂的，错愕地愣一愣，随即是一副聪明人听到聪明话时的表情，表示他明白了——阿莫呀阿莫，只是在开一个玩笑。

然后就不了了之了。副教授也只是问问而已，由阿莫来张罗一切，他何乐而不为呢？

当时是在他们的新房里，阿莫背对着副教授，站在窗口，昂着头，无声地对着空气咆哮：

"偷的！偷的！偷的！偷的！"

她的脑子里嗡嗡直响，双手不由自主地捏紧，好像决心要战胜这种恐惧引起的不可名状的醉意。

的确是醉意，转天，阿莫怀着一个模糊的企图，醉醺醺地走进院长的办公室。她也不清楚自己的目的究竟是什么，似乎是要坦白罪行的，但她却做出了别样的举动。——阿莫走到院长的办公桌前，借口拿瓶胶水，却伸手替院长拂去了肩膀上的一根头发，然后嫣笑着说：

"院长，中午能来我宿舍一下吗？"

杨院长愣在那里，半天回不过神来。

中午阿莫躺在自己的宿舍里，强烈的阳光穿过窗户射在她的脸上，阿莫觉得自己皮肤下面所有的血管都在挤来挤去，两颊滚烫，喉咙干涩无比，但一想到水壶还在几米远的地方，就泄气了。

阿莫没有力气去喝几米以外的水。

门终于被叩响了，打开门的一瞬间，阿莫就瘫倒在了杨院长的怀里。她几乎是被对方拖到了床上。但是两人刚刚滚倒，阿莫就骤然苏醒了，亢奋地起伏着，让意识飞扬了起来。她始终盯着几米之外的那只水壶，仿佛骑在一匹骆驼上，在浩瀚的沙漠中奔赴神赐的水源。那种即将得救的喜悦与急迫，让阿莫的表现出色极了。头发随着起伏上下飞扬，最后被她挽住，一并咬在嘴里。阿莫发誓不让自己吐出一丁点儿声音，蚊子般的那种哼唧都不可以。她要沉默着奔赴救赎，因为这样才会显得凝重与肃穆。

杨院长在下面叹为观止，他在勉力而为，生怕一转眼这个丰饶的、沸腾的、出其不意的天堂便会被可怕地掠走，正应了"镜花水月"这样让人惆怅的古老诗句。

欲罢不能，从此杨院长一有机会就渴望重温那个天堂。这也是阿莫所期望的，她幻想着用自己的血肉之躯来堵住那个黑洞。如同第一次当着黄郁明的面，紧紧地夹并起双腿，把自己的血压在身下，隐藏住纯洁；如同当着潘冬子的面，依然僵硬地戗直着身体，隐藏住不洁。阿莫期望在浩瀚的沙漠里，有一匹老骥伏枥的骆驼载着自己奔赴水源。

阿莫就这样努力着，心里认为似乎对那个可怕的数字有了个交代。

她真的是懵懂，身体已经发生了三个多月的变化，才发现自己有了身孕。

"拿掉吗?"那个妇科大夫这样问阿莫。

"拿掉"这个词让阿莫战栗了一下。它实在是显得简洁果断啊，仿佛举手之间，一切的不堪就会被拎起来，然后随便一丢，就可以扔掉了。

躺在手术台上，阿莫经历了这个"拿掉"的过程。这并没有那么轻而易举，大夫一边"拿"，一边说了些医学上的术语，似乎是阿莫的器官有些特异，不好"拿"，而且"拿"了之后，可能会留下隐患。阿莫并没有被这些术语吓倒，尖锐的剥离让阿莫痛彻肺腑，她脑筋的长度在这种疼痛面前更加缩短了。

从医院出来，阿莫叫了一辆出租车。坐进车里，她拨通了黄郁明的手机。黄郁明显然感到了意外，他已经很久没有阿莫的消息了。阿莫劈面问黄郁明:

"你老家叫什么名字?"

黄郁明脱口报出了一个地名，想要追问些什么，但阿莫已经挂断了手机。他再打过去，就是"关机"的提示音了。

三个多小时的路程，有一半是在凹凸不平的土路上颠簸着。阿莫的身体承受着剧烈的痛苦，最后不得不紧紧地蜷缩住，一点一点地收紧身体，变得不可思议的小。

终于到了目的地，阿莫付了足够的钱给司机，让对方在原地等着她。

天空阴沉沉的，没有一丝的风，四野一片阒寂。阿莫艰难地向山顶爬去，每走一步，都感觉有血从身下渗出来，让她感觉自己被"拿掉"的，绝不只是一团微不足道的胚胎，而是全部的脏器。她觉得她被"拿"空了。

终于，阿莫看到了那片向日葵。

这片向日葵静静地矗立着，黄色的花盘有些低垂，阴沉的天气把灰色附着在上面。周围是阿莫不知名的农作物，没有人影。阿莫默默地眺望着。阳光突然从云层中锐利地劈出一道光明，向日葵的花盘仿佛在刹那间振奋了，世界一片喧哗，这一瞬间的召唤与响应何其辉煌，阿莫觉得它们一下子抬起了自己的头。阳光粗暴而热烈地抚摸在身上，阿莫心想，我也是阳光下的葵花。

我也是，阳光下的，葵花。

她强迫自己像一棵葵花般地迎向太阳，但是很困难，那些光芒犹如雪崩一般让人无法正视。阿莫眯着眼睛，站在山冈上，想起一年前的这个时候，自己和黄郁明躺在向日葵丛中的情景，立刻就不觉得阳光刺眼了。回忆像褪色的相片一般老去，重新上了色，却依然感觉出旧，于是，眼前的阳光都随之暗淡了下来。

阿莫在葳蕤的向日葵丛中躺下去，身体自由地打开，舒展地伸向四面八方。阿莫知道，自己的这个姿态，不是躺卧，而是垂死。

后来她又有了尿意，于是爬起来，蹲在向日葵中排泄，连她自己都不知道，自己究竟是在撒尿，还是仅仅在流血。

回到城里，阿莫有种身心皆空的感觉，她的确感觉自己变得轻盈了。

阿莫直接去了办公室，把两张精心准备好的纸条放在杨院长的办公桌上。一张是自己的手术单，一张上面写着一组长长的数字。

杨院长不能理解这两张纸条的含义，脸上是笑盈盈的疑惑。等听清楚阿莫讲完了它们的含义和相互间的关联后，杨院长的笑依然挂在脸上。

阿莫也在笑，苍白地笑着，空洞地笑着。可是这笑容在对方眼里却是邪恶无比的。杨院长笑着，用一种谆谆教导的口吻说：

"阿莫你是在威胁我吗？你看，是这样的，我都快六十岁的人了，马上就退休的，大不了落个作风问题。"

这个声音在阿莫耳朵里越来越低沉，直到消弭得无声无息。

办公室里安静极了。阿莫注意到杨院长说的是真话，因为他的确是老了，一头花白的头发稀疏地顶在头上。最后，阿莫听到这匹老骥伏枥的骆驼用一种奇怪的声音对她说，他拒绝将这两张纸条联系在一起考虑，它们绝对没有必然的关系，而阿莫，法律会把你送进监狱里去的。

阿莫不清楚自己是怎么走上街头的。她茫然地走着，恐惧一点点爬上心头。后来她已经被"拿"空的身体里，全都是石头一样结实的恐惧了。阿莫的牙齿不禁咯咯作响，脚步也哆嗦起来。她找了根电线杆依靠住，努力让自己镇定下来。

站了十几分钟后，她挥手叫下了一辆出租车。

也许是由于极度的恐慌，阿莫似乎指错了方向，出租车开出城去跑了三个多小时，并没有找到她想去的地方。

天色已经完全黑下来，风吹草动，林木呜咽，沉寂的田野上各种声音汇聚在一起，居然有着一种喧哗的效果。

车子在土路上颠簸着，司机按捺不住疑虑，开始反复地问阿莫究竟要去哪里。阿莫也急迫起来，这种急迫暂时挤走了恐惧。她不敢松懈，怕恐惧会再次席卷而来，眼睛盯住车窗外黑暗的世界，像一个走失的人，拼命寻找着方向。

司机终于忍无可忍了，把车子停下，坚决不肯向前走了。他认为这个裹在一身明黄色衣服之中的女人，怎么看，怎么让人生疑。

司机说："你究竟要找什么？"

阿莫急迫地说："葵花，葵花！有一片葵花，就在这附近……"

司机打断她："两条路，要么我拉你回去，要么，你就在这里下车！"

走失的阿莫绝望地把脸贴在车窗玻璃上向外张望，满天的星光下隐约可以看到两边的山影。阿莫没有选择。

　　就在这时，她看到在车灯的照射范围里，路边有一株嫩黄色的幼小植物。

　　阿莫把自己的脸最大限度地贴住冰冷的玻璃，仔细地看那稚生的植物，心被猛烈地揪住，想，这样的一朵野花啊，如同一株被无限缩小了的向日葵，是什么让你在这世界"动人的冷漠"里开放，开放时是否也炽热地向着太阳？

凡 / 心 / 已 / 炽

「碎 瓷」

一

记者有他们按门铃的方式吗？汤瑾诗想，那天的门铃声就是"记者式"的，似乎蛮有分寸，实际是蛮不讲理。当时汤瑾诗正在试一条新裙子。裙子墨绿色，饰着蓝色的暗纹，挂起来非常好看，穿在身上，汤瑾诗自己向下打量，也觉得比较合体，但对着穿衣镜一照，却发现有种难以立刻分析出的别扭。怎么会这样？汤瑾诗后悔没有试穿就把这条裙子买了回来。可它挂在商场里的确是很好看的，怎么说呢？汤瑾诗沮丧地想，是自己把一条好看的裙子给穿难看了。有了这样的念头，汤瑾诗不免情绪黯然，开始考虑推掉当晚的饭局了。门铃声响起来。汤瑾诗凑在猫眼上向外望，看到一张陌生的脸。对方却在门外叫出了她的名字："请问汤瑾诗女士在家吗？"作为一个事件的开场白，这句话就有些戏剧性在里面，用了"请"，还用了比较严肃的"女士"。后来汤瑾诗觉得这句话也是有着一股"记者味"的，拿腔拿调，带着股职业特权垫底儿的傲慢，还有以某种程度的侵犯为原则的阴险劲儿。

汤瑾诗打开一道门缝狐疑地看对方。寸头，文化衫，在汤瑾诗眼里这不过是个毛头小年轻。

"您好，我们是电视台的记者，想就您的个人情感问题进行一些采访。"小年轻尽量不动声色地说。

汤瑾诗来不及揣摩这个要求。对方话音未落，汤瑾诗的眼前就闪出了一台摄像机和一张女人愤怒的脸。这两样东西都很吓人，像劈面而来的两只拳头。完全是条件反射，汤瑾诗迅速关上了门。汤瑾诗的心咚咚地跳，外面的动静也不小，但汤瑾诗只听到自己的心跳声。好半天，汤瑾诗才缓过神，于是，像被熨斗熨展了狰狞的褶皱，像攥紧的拳头松展开，那张女人愤怒的脸在汤瑾诗的脑子里还原成艾小娥的模样。汤瑾诗有些明白了，结合着艾小娥在门外的咆哮，她渐渐搞懂了自己眼下的处境。

"开门！把全小乙交出来！"

"汤瑾诗你要给我个交代！"

"不要脸不要脸不要脸！"

艾小娥的呐喊声一浪高过一浪，同时开始撞击铁门，大约是用上了脚，咣咣的，排山倒海一样。汤瑾诗的脑子被踢乱了，心被踢颤了，因为搞清了缘由，就更加紧张。失措间，汤瑾诗首先想到了周瑶石。这也是下意识在作祟。面临危险的汤瑾诗，需要被援助的汤瑾诗，下意识里第一个想到的，就是强有力的周瑶石。

汤瑾诗用手机打过去，周瑶石劈头一句："到哪儿了？"

汤瑾诗被问得一愣，想一下，才嘘着气说："周局，我不能去了……"

"什么意思？"周瑶石沉下声，"大家等半天了，不是说换件衣服就来吗？——咦？你家在搞装修？"

"不是装修，哪里是装修哟……"汤瑾诗开始说明自己眼下的形势，当然，有些语无伦次，"我被记者堵在家里啦，他们要拍我，我很怕，周局你要救我……"

讲了大约有三分钟，电话那边的周瑶石居然听明白了。这就是聪明人，能够迅速把握复杂事物的要领。

"那女人是在踢你的门吧？"周瑶石问，好像还有些饶有兴味。

他一问，门外的动静就铺天盖地而来，让汤瑾诗觉得自己是处在风口浪尖。

周瑶石又问："那个男人在你家里？"

"没有，绝对没有，这是一场误会啊！"汤瑾诗申冤般地叫起来。

"那你就开门让他们看嘛。"

"周局你都听到了，那女人在发疯哟，她会打我的，她打我怎么办？他们一帮人啊，我一个单身女人，我为什么要给他们开门啊……"汤瑾诗觉得自己要哭了，委屈得无以复加。

周瑶石像安排工作一样地安排道："那好，你不要开门，如果闹得太厉害，你给老赵打电话，让她过去一下。"

老赵是局里的工会主席，汤瑾诗正在想要不要把老赵搬来，手机紧跟着响起来。是门外的记者打进来的，因为只有一门之隔，汤瑾诗的耳朵里就出现了重声的效果。一里一外，两个声音同时说："汤女士，我们是都市频道《情感踪迹》栏目的，艾女士委托我们来做这期节目，希望您能配合。"汤瑾诗觉得这句话是一连串费解的概念，譬如，她需要想一下，才能把"艾女士"和艾小娥画上等号。

与此同时，另一个声音旁白似的说："她为什么不敢开门？她不敢开门肯定在里面嘛！"

这一下，汤瑾诗不用想，就知道是"艾女士"在说话。

汤瑾诗大声说："仝小乙不在我这里！他根本不在我家！"

对方说："我们拍到他从你家出来过。"

汤瑾诗一阵天旋地转，旋转之后，反而清醒了，由此倒也镇定了。

"这能说明什么呢？我们是朋友，"汤瑾诗笃定地补充道，"我们是从小就认识的朋友。"

"既然这样，我们能当面谈谈吗？"

"现在这种状况，不能！"汤瑾诗断然拒绝。

镇定下来的汤瑾诗就恢复到了文化局办公室主任的角色里，她有些后悔刚刚向周瑶石求助了，庆幸没有盲目地把老赵弄来。汤瑾诗向门外的记者开出了条件：要谈可以，她乐于澄清事实，但是首先，"艾女士"不要在场，她不愿冒和情绪失控的"艾女士"见面的风险；其次，她不愿面对镜头。愤怒的艾小娥和冰冷的摄像机，汤瑾诗现在拒绝的就是这两样东西——"这个自由我还有吧？"

"你没有勾引别人丈夫的自由！"艾小娥在外面铿锵有力地回答，同时又是一声响亮的踢门声。

汤瑾诗闭上眼睛，索性静静地聆听起艾小娥在门外制造出的狂暴之声，那种力度，让汤瑾诗难以和娇小的艾小娥联系在一起。手机并没有挂断，记者兀自在饶舌。许久，汤瑾诗回一句："你们没有权力这样，请你们离开。"连她自己，也觉得有气无力，于是，过犹不及地补充说："我和全小乙是朋友，我像他姐姐一样，我们是从小的朋友啊……"

说话间汤瑾诗睁开了眼睛。她靠在门厅的玄关上，对面就是穿衣镜，睁眼便看到镜子里的自己。镜子里的汤瑾诗因为了那条新裙子，也有了种难以立刻分析出的别扭，这让她在一瞬间恍惚起来。

三十四岁的汤瑾诗是在离婚后的第二年坐上了文化局办公室主任的位置。办公室主任是个什么性质的岗位呢？有个最简单的考量标准——没有一斤以上的酒量，

碎 / 瓷

就不是这个岗位上合格的人选。就任前汤瑾诗算了一下，自己前三十多年喝的酒总共加起来，怕也装不满一瓶。这就让汤瑾诗有了自知之明，她觉得自己不能胜任。

局长周瑶石却不这么认为。

"喝不了酒怕什么？酒量是可以锻炼的，就像感情是可以培养的一样。再说，你一个女人，别人总不好硬灌你，这恰恰是个资本，在场面上反而有优势。"周瑶石手一挥，"我决定了，你就做！"

在文化局，周瑶石决定了的，就得做。况且，周瑶石还把酒量和感情做了类比——都是可以循序渐进，逐步提高的。

话是这么说，可汤瑾诗想，周瑶石对自己所做的一切，却没有遵循这个规律。周瑶石对待汤瑾诗，就像他的领导作风一样，不由分说，雷厉风行。局里每年组织一次旅游，那次是去云南，在丽江落脚的当晚，周瑶石就敲开了汤瑾诗的房间。周瑶石喝酒了，但他并不以此为借口。周瑶石一把将汤瑾诗拉进怀里时，还重申："我没醉，我知道我在干什么。"很磊落吧？那态度，就像一个负责任的大国，就让汤瑾诗有了好感，有了逆来顺受

069

的心理依据。但还是觉得突然，因为没有什么铺垫。之前周瑶石没给过汤瑾诗丝毫的暗示，在局里，也完全是上下级那种正常的关系，在汤瑾诗看来，周瑶石对自己还有些漠视。然而在这个丽江之夜，周瑶石说来就来，来了就把她扔到了床上。那性质，完全是从天而降，是一蹴而就，没有锻炼，没有培养，没有循序渐进和逐步提高，不啻一口气给汤瑾诗灌进了一瓶烈酒。好在那时汤瑾诗刚刚离了婚，身心都有基础承受这瓶烈酒。

其后，汤瑾诗和周瑶石密切起来。他们是走了反方向的路，先有了结果，再去补充过程，有些补课的意思。周瑶石是强势男人，即使补课，也弄成温习的样子，好像一切早已熟稔，不过是温故而知新。时间一长，让汤瑾诗也糊涂起来，觉得自己天经地义就该和周瑶石绑在一起。有人恭维周瑶石，说他是这座小城最成功的男人。怎么说呢？做官，周瑶石做到了局级干部；为文，周瑶石每年一部长篇小说，还兼了市作协的主席；最后还有一条厉害的，周瑶石以自己老婆的名义开着市里最大的酒楼，生意常年不衰，可谓日进斗金。当别人还在追求两条腿走路的平衡时，周瑶石已经是用三条腿走路了，而且，三条腿都很硬，这就让他在人生的道路上四平八稳，进退裕如。和周瑶石密切过一段日子，汤瑾诗的心思难免会有些循序渐进，就是说，感情被培养出来了。但汤瑾诗不算是个糊涂女人，周瑶石的家庭和事业一样牢不可破，汤瑾诗想，这样的男人，你不应当对他企图什么，有幸的话，顶多轮上被他企图一下。这个结论一度挫伤了汤瑾诗，让汤瑾诗发现，和周瑶石的关系已经损害到了她的自信心。以前的汤瑾诗，不能说豪情满怀，却也是感觉良好的，不如此，她也不会随手就丢弃掉一段不错的婚姻。

原来周瑶石说得一点没错，汤瑾诗的酒量的确和感情一样可以锻炼和培养，汤瑾诗在场面上也的确有性别的优势。一来二去，汤瑾诗就是个合格的办公室主任了。汤瑾诗不急不躁，不吵不闹，由着周瑶石来锻炼培养，于是既锻炼培养出了感情，也锻炼培养成了办公室主任。

如果说做办公室主任除了喝酒，再没有别的优越性，那么汤瑾诗也不会心甘情愿地接受改造，好比如果不是周瑶石，换了其他的男人，汤瑾诗也不会这么低首下心，像块石头似的把自己交出去任由打磨。当然不是这样——做了主任不久，汤瑾诗的酒量改观还不大，就已经买了辆三十多万的雷克萨斯。

汤瑾诗喜欢车。在车里汤瑾诗是另一个人，这个空间给她驾驭感，心理方向是"前进"的，觉得命运像道路一样，还是高速公路，禁止掉头，总是往前延伸，并且隐约地可以被把握。

开车的时候汤瑾诗觉得做一个单身女人也不错。下了车，汤瑾诗还是打算给自己找个丈夫。周瑶石非但不能企图，由此还克服了汤瑾诗性格上自恋的一面，让她成为一个能认清形势、摆正位置的女人。而且，当初离婚的时候，汤瑾诗就已经把物色下一任丈夫提到了自己的既定日程上。这说明，婚姻并没有给汤瑾诗造成什么阴影。事实上也是这样。前夫是个基本上没大毛病的男人，导致婚姻失败的责任，更多是在汤瑾诗自己。离婚前的汤瑾诗，缺乏锻炼和培养，感觉良好，自恃颇高，不免就有些漂亮女人的通病，认不清形势和摆不正位置。

汤瑾诗物色丈夫，不是采用那种广种薄收的办法，她没有那么迫切。而且，身边有周瑶石这样的标尺，汤瑾诗心里就好像有了一个漏洞巨大的箩筛，随便一筛，大量不符尺寸的男人就被筛掉了。汤瑾诗接触过几个后，跟康至确定了关系。康至的条件比不上周瑶石，但也相差无几，海归，律师，还兼着大学的客座教授，说不上三条腿，两条腿起码是站得稳的，所以被筛子遴选出来了。

周瑶石并不妨碍汤瑾诗规划自己的生活。很好玩的，康至就是周瑶石介绍给汤瑾诗的。周瑶石跟康至家是世交，有些错综复杂的关系在里面。做康至的女朋友，周瑶石之于汤瑾诗，就是一个"叔叔"的身份。汤瑾诗那时候以为，面对周瑶石这样的男人，只要你摆得正自己的位置，随时调整好"周局"与"叔叔"这两种不同的形势，他就不会妨碍你。非但不会妨碍，而且，还会时时伸出援手。譬如，周瑶石许诺，下一步，副局长的位置就是汤瑾诗的。汤瑾诗本来是个不思进步的女人，在仕途上几无追求，但周瑶石是个推动力，一步一步，就把汤瑾诗鞭策出了积极向上的面貌。

一切看起来按部就班，就是梦幻般的现实和现实般的梦幻，归根结底，当然还是现实。汤瑾诗离婚后的生活并没有脱轨，反而有些蒸蒸日上的趋势，一个新的婚姻，一个条件上乘的丈夫，一条意外铺就的仕途，不出意外的话，似乎都指日可待。

可是意外却出现了。

这个意外就是仝小乙。

局里和电视台合作搞晚会，主题是"抵制黄赌毒，提倡健康文明的文化活动"。在"赌"这一块，电视台推荐了个奇人。此人号称"骰子王"，破过吉尼斯纪录，一摇之下，能够随心所欲地让几十粒骰子完成五花八门地组合。如果能请来此人倡导禁赌，效果一定会事半功倍。但既然是奇人，当然便有奇人的派头。"骰子王"很难请，据说本地电视台三番五次邀请他上节目都被拒绝了，只有一次例外，让中央电视台拍过。周瑶石让汤瑾诗落实一下，说好了不是硬任务，能请来最好，请不来再想其他办法。汤瑾诗心里却已经多少有了把握。汤瑾诗想，应该不会错，世界上难道会有两个仝小乙？这个奇人就叫仝小乙。

仝小乙是三路电车的司机。汤瑾诗没有找公交公司，直接去了三路电车的终点站。等过去几趟车后，仝小乙就出现在汤瑾诗面前了。仝小乙从车上跳下来，举着个硕大的搪瓷缸子，一边豪饮一边往调度室走。正是盛夏，仝小乙穿着二指背心，背心向上卷起来，胸罩一样横在胸前，露出的小腹深陷下去，像饿了三天的肚子。果然是同一个人。汤瑾诗觉得时隔多年，仝小乙居然基本上没什么变化，连放大了一号都谈不上，只是拉长了一截，而且，拉长了的也只是身子，脸的大小还是当年的规模。

"小乙！"汤瑾诗叫，同时按下喇叭。

仝小乙置若罔闻，自顾往前走。汤瑾诗只有把头伸出车窗，大声叫他。仝小乙朝汤瑾诗的方向望，只看了一眼，就欢呼着奔了过来。

后来仝小乙说，这么多年了，汤瑾诗也没怎么变，尽管她只从车里露出了一颗头，尽管这颗头上还遮着副太阳镜，但还是被他一眼就认了出来。"哎呀，我想啊，你就是到了八十岁，我也能一眼就认出你！"

仝小乙这么说夸张吗？倒也未必，至少，汤瑾诗自己就觉得仝小乙还是从前的样子。这种感受当然是主观的，没有人三十多岁了还是七八岁时候的样子。这种感受的依据是情感，有了情感，岁月对人的改造便显得微不足道了。

小的时候，汤瑾诗和仝小乙是邻居。有段时间，双方的家长都忙，把他们托在一个姓金的妇女家里。每天放学，汤瑾诗和仝小乙就结伴去"金阿姨"家吃饭，然后一起做作业，等到天黑，被父母各自接回家去。仝小乙从小就单薄，七八岁的儿童大多肚皮浑圆，仝小乙的肚皮却总是前胸贴着后背，俨然一个非洲孤儿，当然不是饿的，是天生就长成那样。汤瑾诗比仝小乙大两岁，长得也结实，就有些姐姐的样子，在外面护，在金阿姨家让。仝小乙也把汤瑾诗当成一个依赖。汤瑾诗和仝小乙结伴生活了几年，后来汤瑾诗家搬走了，这种日子才宣告结束。自此两人便断了消息。

汤瑾诗不敢肯定，自己真的到了八十岁还能被仝小乙认出，但现在自己三十四岁了，仝小乙至少能够毫不迟疑地就将自己辨认出来，这种确认，让人有种辛酸的感动。汤瑾诗当然清楚岁月都在自己身上做了哪些手脚，有些部位，对于一个三十四岁的女人而言，岁月甚至是下了狠手的，说是败坏殆尽也不为过。但在仝小乙毫不迟疑的确认之下，这些损害被一笔勾销了，让汤瑾诗倏忽回到了完好无损的女童时代。

两人的重逢毫无障碍，二十多年的时光仿佛根本不存在，一接上头，就像回到了当年结伴上金阿姨家吃饭的时候。汤瑾诗说明了来意，仝小乙自然是满口答应。

仝小乙说话还是和小时候一样，是一种感慨万千的风格："我要感谢这样的宣传！抵制黄赌毒，不抵制，我们也不会重逢的！哎呀，嘿！好……"他不住地喟叹，几乎要感谢"黄赌毒"。汤瑾诗倒不觉得仝小乙荒唐。在汤瑾诗眼里，仝小乙就是个"弟弟"。既然是弟弟，夸张些，激动些，东拉西扯地喜不自禁些，也无伤大雅。

仝小乙还要上班，按他的意思，当时就要跟汤瑾诗走，结果被汤瑾诗阻止了，劝他不要影响工作。两个人约好晚上在"浮水印"见。

"浮水印"是家咖啡厅。汤瑾诗先到的，坐了大约有一刻钟，仝小乙来了。仝小乙的出现不但令汤瑾诗大吃一惊，咖啡厅里所有的人都被他搞得瞠目结舌。仝小乙穿着一件黑色的风衣，戴着黑色的礼帽，系着白色的围巾，拎着一口旧皮箱。有脑子比较快的人看出了苗头，叫一声："许文强！"不错，仝小乙就是按照电视剧里那个著名的人物打扮的。仝小乙旁若无人，款款地走到汤瑾诗面前坐下。

汤瑾诗不免有些尴尬，低声问他："发疯哦，你搞什么名堂？"

仝小乙手一摊："我表演的时候是这样的，这是我的演出服。"

汤瑾诗说:"没让你在这儿演出啊,你听不到吗?别人都在笑。"

仝小乙严肃地四周看看,不高兴了:"我是要表演给你看,不穿成这样,哎呀,你知道吗?我就摇不了骰子。让他们笑,大惊小怪!你看好了,一会儿他们鼓掌都来不及!"

仝小乙把自己的旧皮箱放在桌面上,郑重其事地打开,里面摆着一排塑料罐子,每只罐子里都塞满了花花绿绿的骰子。骰子和平常见到的不太一样,有底色,花花绿绿,每一粒都珠圆玉润,很精致的样子。仝小乙捏起一粒:"拉斯维加斯弄来的!"他的行头和举止成了咖啡厅的焦点,大家都眼巴巴地看他。仝小乙拿出只罐子,抓出把拉斯维加斯弄来的骰子,看架势,就是要表演了。但却又停下来,眉头皱成一块疙瘩。怎么了呢?大家拭目以待。"不行呀,"仝小乙捻起桌布的一角,"要玻璃,桌布不够光滑,要玻璃,不要桌布!"这就好像抖了个包袱,汤瑾诗的好奇心被吊起来了,问服务生有没有"玻璃"桌面的位子。

于是就换了张桌子。"玻璃"桌面的,仝小乙用手指来回摩擦，吁口气，眉头开了，看来是满意了。在桌面上间隔均匀地摆上一排骰子，仝小乙人站着，白色的围巾甩在肩后，右手开始摇晃罐子，左一下，右一下，幅度逐渐加大，速度逐渐加快，突然，下手了——罐子向桌面的骰子扫去，一粒骰子消失了，再扫回来，又消失一粒，风卷残云一样，一排骰子片刻间被仝小乙收在了罐子里。已经有围观者了，有人发出喝彩。但还没完。仝小乙手中的罐子摇得飞快，哗啦哗啦，哗哗哗，哗——，行云流水间，电光石火般地突然收手，啪的一声，扣在桌面上，然后，缓缓亮开。怎么样？十多粒骰子笔直地垒在一起，当然没多高，但居然有着高耸入云般的气势！掌声响起来了。怎么说呢？像仝小乙说的：掌声很踊跃，很积极，就像怕来不及似的。

汤瑾诗笑了。汤瑾诗看出来了，仝小乙的舞台感很强，他这手绝活，只有配合舞台气氛才能淋漓尽致地展示，风衣，围巾，一个都不能少，当然还有那顶帽子，此刻仝小乙就摘下它，贴在腹部，微微躬身向观众致意呢。

掌声激发了仝小乙的热情，他又接连表演了几手，哪一手都堪称神奇，哪一手都很过硬。仝小乙也越来越从容了，就是说，进入角色了，他那身不伦不类的打扮，也跟着恰如其分起来。现在仝小乙是一个风度翩翩的主角。手中的罐子落下后，仝小乙会有一个短暂的静止，凝神倾听，听什么呢？听的是某种神秘之声，然后，他会松下一口气，轻声说句："行了！"再亮开罐子，果然就行了——拉斯维加斯的骰子们像是被上帝严格砌成的一样，摆出了预定的造型。

"浮水印"里气氛热烈，像是在给仝小乙开专场晚会。汤瑾诗眼看这里已经不是能安静说话的地方，招呼仝小乙离开。两人是踏着掌声离开"浮水印"的，很隆重。和仝小乙并肩走着，他那副行头，更让汤瑾诗有种如在戏中的感觉。

上了汤瑾诗的车，仝小乙点着根烟。汤瑾诗的车上是严禁吸烟的，这一点，连周瑶石也不例外。但汤瑾诗忍了忍，并没有阻止仝小乙。就是说，仝小乙一开始，在汤瑾诗这里就是个"例外"。而汤瑾诗，在仝小乙那里也是个"例外"。"我从来不在这种地方表演的，"仝小乙强调说，"你知道吗？我今天为了你才破例的！"

汤瑾诗笑了笑，问他怎么练就的这么一手绝活。仝小乙说："玩呗，哎呀我就是爱玩，只要是我爱玩的，我就是不要命了，也要把它玩好！你是不知道，我玩坏的骰子就有几麻袋。怎么玩坏的呀？就是摇碎啦，奇怪吧？能把骰子摇碎，我这个人真是了不起！我自己都很佩服……"仝小乙坐在副驾驶的位子上吞云吐雾，汤瑾诗眼睛的余光里就是一个"许文强"的影子。

拉着个"许文强"，汤瑾诗就不好招摇过市了，最后干脆停在一个僻静的地方，坐在车里和仝小乙说话。

两人各自说了说自己的状况。仝小乙的经历比较单纯：中学毕业后参军，复员后进公交公司开电车，结婚几年了，没孩子，最大的亮点就是成了"骰子王"，正经被吉尼斯纪录确认了的，上报纸，上电视，好像家常便饭一样。"我上的是中央台，市里的我才不去，我不想让他们随便拍我。"仝小乙郑重地说。汤瑾诗的经历也貌似单纯，要不就是她有意忽略了一些难以言传的环节：大学毕业进文化局，结婚，离婚。

"离婚了呀？"仝小乙果然感慨万千起来，"怎么要离婚呀？多可怜啊！"

汤瑾诗笑着附和："是啊，可怜吧？"

话音未落，仝小乙的手就伸了过来，握在她的右手上。仝小乙的手指很长，很瘦，像几根铁丝，在汤瑾诗手上不软不硬地缠了一圈。汤瑾诗由着他缠着，知道这是全小乙在对自己表示慰问，汤瑾诗也能很自然地接受，结果是，一接受，就真的生出了一些"可怜"的感觉，脸上的笑在黑暗中不知不觉凝固了。

这时全小乙另一只手也伸过来了，攥成拳头，举在汤瑾诗眼前，展开："你的还在吧？我想啊，你的一定不在啦。"

车里没有开灯，就着街边的路灯，汤瑾诗看到全小乙的掌心里有一片幽暗的光。

那是一片碎瓷。汤瑾诗隐约记起来了：小时候，有一次汤瑾诗不慎打碎了金阿姨家的一只瓷碗，这不算太严重的过失，但在两个小孩眼里，却是不小的乱子。全小乙建议把碎片扔进炉子里，赶在金阿姨发现之前毁尸灭迹。金阿姨家烧炭块，时值严冬，炉火正旺。两人把碎片投入火中，不知道什么原理，火焰骤然一亮，腾起蛇一般的舞蹈，似乎那些瓷片真的燃烧了起来。第二天，全小乙在金阿姨家门前的炉灰里发现，那些碎瓷完好无损，只是被熏得乌黑。两个小孩对这些碎瓷感到惊奇，它们经历了摔打和烈焰，淬火后质地居然完好如初。汤瑾诗和全小乙将它们从灰烬中挑拣出来，仔细地冲洗干净，一人选了一片形状好看的收藏起来。他们发誓说，要各自永远保存自己的瓷片。这也是孩子气的做法，庄严地给自己虚拟出可贵的情感和神秘的信物，以此滋生一些天真的寄托。

时隔多年，仝小乙变戏法似的又把他的宝贝变了出来，如他所言，三十四岁的汤瑾诗当然变不出这样的把戏了。

二

艾小娥持之以恒地砸门，砸出了多重声部合唱般的节奏，时而低回，时而昂扬。汤瑾诗的恍惚因此不可能长久，愤怒的"艾女士"不给她这样的权利。汤瑾诗定了定神，拨通了仝小乙的电话。仝小乙好像手里正攥着手机，迫不及待地等着接听一样，铃声只响了一下，声音就传过来了："哎呀——！"

汤瑾诗打断他："你家艾小娥带了电视台的人在我这里闹。"

电话那头的仝小乙显然是愣住了，发出些气泡似的

"呃呃"声："电视台？不会吧？哎呀怎么能这样搞？艾小娥有毛病了吗？"

汤瑾诗火了："你不要问我！你把你老婆弄走！"说完就挂断了手机。汤瑾诗很懊恼。太草率了，自己真的是太草率了，小到一条裙子，大到一个男人，都大而化之的，裙子不合适顶多是别扭，男人不合适，就是灾难啊！

门外传来手机铃声。艾小娥在接电话。然后一切戛然而止。他们撤走了。真的撤走了吗？汤瑾诗不敢确定，趴在窗子上望，看到他们出了楼洞，上一辆有着电视台标志的面包车。钻进车门的一刹那，艾小娥突然抬头，目光箭一般射了上来。汤瑾诗惊慌地闪到了窗帘后面，但还是鸟儿般地感觉到一股凉意。

汤瑾诗想以前怎么就没有发现艾小娥的目光会像箭一样的射人呢？初次见到艾小娥时，汤瑾诗觉得艾小娥和仝小乙蛮般配，艾小娥，三十多岁的女人了，还像个没长开的初中生，个子大约也就一米五的样子，完全没有胸，看人的时候眼神软软的。汤瑾诗心里想，这个艾小娥怕是有些先天不足，体质有问题。可仝小乙却说艾小娥结实着呢，"她呀，可厉害呢！"仝小乙说的时候笑嘻嘻的。这样一个单薄的小女人，怎么个"厉害"法？汤瑾诗按照经验来会意，然后暗骂自己无聊。艾小娥也是公交车司机。有一次，汤瑾诗在路上看到艾小娥，她们的车恰好都停在红灯前，汤瑾诗一抬头，看到身边那辆公交车上的艾小娥。艾小娥坐在驾驶员的位置上，那么大的一辆公交车，那么小的一个女司机，两相比照，就是个"无人驾驶"的效果。汤瑾诗被这种反差弄得心里怪难受的。那时候汤瑾诗觉得艾小娥是个惹人心疼的小女人，孰料，"她呀，可厉害呢！"

按照热力学第二定律：事情总是"越变越糟"。汤瑾诗现在就验证着这条定律。

天色黑下来。汤瑾诗不开灯，躺在沙发里思前想后。晚饭说好是要出去吃的，局里招待客人，本来汤瑾诗现在是要以办公室主任的身份出现在饭局上的，可是现在只能饿着肚子躺在黑暗里。周瑶石的电话又打进来过一次："怎么样？"汤瑾诗不想多说什么，只说是没事了，人已经走了。汤瑾诗听出来了，周瑶石有些不快，这提醒她，周瑶石似乎在暗示她做出些解释。这种暗示，让汤瑾诗恨恨的，感觉周瑶石是在雪上加霜，是逼债的黄世仁。汤瑾诗现在只想一个人安静地把事情理理清楚，她向周瑶石请假，说要休息几天。周瑶石一声没吭，挂了手机。

整个晚上汤瑾诗都没怎么睡实。

汤瑾诗想明天要教训仝小乙一下，让仝小乙认识到问题的严重性——他已经极大地扰乱了自己的生活，必须悬崖勒马。可是一想到在这种时候和仝小乙见面，说不定会成为把柄，汤瑾诗的心就乱成了一团。电视台的记者说拍到过仝小乙从汤瑾诗家出来，汤瑾诗回忆了一下，仝小乙最后一次来自己这里，是五天前的事，就是说，至少，她已经被电视台的摄像机监视了五天！"监视"这个词一跳出来，汤瑾诗立刻就缩住了身子，好像显微镜下的细菌一样。人是经不起被监视的，一被监视，再清白的人都会被弄出马脚。汤瑾诗飞快地检点了一下自己五天来的生活，所幸，似乎没有格外的破绽，至多是去过一次康至的律师楼，康至是自己名正言顺的男朋友，即使两人去宾馆开房间，也无可厚非。但心里已经是战战兢兢的了。以前汤瑾诗没有审视过自己的生活，这天夜里，在这种局势下审视一番，汤瑾诗发现自己的生活原来如此不可告人：周瑶石，康至，仝小乙，本来条分缕析、各有侧重的几个男人，却都搅在了一起，简直就是一团乱麻。

汤瑾诗想不通，怎么本来好像蛮顺畅的日子，一经分析，性质就变了呢？这样的日子是不堪承受被"监视"之重的。现在必须理清头绪了。仝小乙不用说，必须快刀斩乱麻，他显然是个祸害。其次是周瑶石。周瑶石在电话中透露出的不快，让汤瑾诗有所觉悟，这世界上根本不存在对女人没有妨碍的男人，既然仝小乙这样长不大的男人都能制造出麻烦，周瑶石一旦发作，该是什么威力？最后是康至。仔细一分析，这个男人也应该从生活里摘出去，他是周瑶石介绍的，做了自己的丈夫，终究会埋下隐患……

七算八算，汤瑾诗自我检讨的结果是：自己的生活竟是危机四伏着的。更加糟糕的是，汤瑾诗发现，如果把生活中的男人全部清理掉，那么生活就不成其为生活了，它会难以为继，一下子垮掉，变得一无是处。仝小乙先不去说，汤瑾诗想，自己的生活在周瑶石这里已经打上了死结，这个结一旦解开，稀里哗啦，生活就有散架的可能性。怎么说呢？汤瑾诗的生活和周瑶石绑在一起的太多了，简直就是生活本身，甚至连康至这个男朋友，都是这条绳上的。

刚刚尝试着炒股的汤瑾诗想，就像在股市一样，自己被套牢了。

就这样，本来是全小乙惹出的事端，不知不觉，汤瑾诗紧张的神经却绷在了周瑶石身上。当然，周瑶石是汤瑾诗生活中的主要症结，但是也说明，汤瑾诗在这个晚上依然是没怎么把全小乙放在心里。

汤瑾诗在清晨迷迷糊糊地睡过去，她感觉自己只是闭了下眼就被电话吵醒了。其实这时候已经不早了。

电话是周瑶石打来的："你马上来局里，有事要和你谈。"

汤瑾诗还在睡意当中，电话铃本身已经吓到了她，周瑶石严厉的口气更是让她半天回不过神。汤瑾诗躺在床上，浑身汗涔涔的，有种虚脱的无力之感。后来汤瑾诗几乎是挣扎着爬了起来，去卫生间冲澡时，一眼看到镜子里面的自己，汤瑾诗立刻再次受到了惊吓。一夜之间，岁月就把这个三十四岁的女人还原成了她应当被损害到的那个程度，平日的保养、维护，统统无效了。这种损害是根子上的，完全符合热力学第二定律：镜子里的汤瑾诗，潦草，凌乱，就是种"越变越糟"的颓唐之势。更令人触目惊心的是，汤瑾诗发现自己的小腹竟然微微突出了！汤瑾诗恍然大悟，原来这就是令那条裙子别扭的根源啊——自己的身体走形了，以前的尺寸已经难以妥帖地掩藏这个身体了。汤瑾诗捧着小腹怔怔地站在水中。小腹那里所发生的变化，不过就是多了圈微乎其微的肉，但在一个女人心里，却是沧海桑田般翻天覆地。

汤瑾诗赶到局里时已经是中午了。文化局不是考勤严格的单位，上班时间大楼里都没多少人气，这个时候，更是空空如也。周瑶石等在办公室里，汤瑾诗一进去，就感觉到气氛很不好。

周瑶石一言不发地盯着汤瑾诗。在汤瑾诗的经验里，周瑶石还从来没有过这种态度。汤瑾诗经验里的周瑶石，要么直截了当，要么不屑一顾，从来不这么引而不发地盯着人看。汤瑾诗以为周瑶石在为昨天的事生气。在路上汤瑾诗已经基本想好了怎么对周瑶石解释。在这件事上，汤瑾诗并不认为周瑶石有多大的理由恼火，她觉得，周瑶石此时的态度有些过于夸张。

事实却比汤瑾诗以为的要严峻得多。

今天一大早，艾小娥就带着电视台的人来了文化局。他们不是要找汤瑾诗，而是要求采访"一把手"。局里的干部阻拦，理由很充分：这都什么年代了，个人隐私，根本不需要单位领导表态。但艾小娥闹得很凶。艾小娥半张脸肿着，她说是昨天晚上被自己丈夫打的。艾小娥仰着半张肿脸，哭着说，逼急了她就从文化局的楼上跳下去！"一把手"周瑶石并不吃这一套，坚决不见，也不指派任何人去安抚，干脆就命令保安把他们轰了出去。

"你知道吗？电视台的记者扬言要给文化局曝光，"周瑶石顿一下，"当然，我不会在乎他们搞这种名堂——我之所以不接待他们，也是为了你。你想一想，这个时候配合他们，不就是助长他们了吗？"

汤瑾诗呆若木鸡。汤瑾诗的内心没有多少波澜，脸上也只是一派茫然。汤瑾诗不觉得这一切都是真的。

这件事在局里弄到了尽人皆知，周瑶石分析，肯定会有人幸灾乐祸。汤瑾诗作为副局长的人选，并不是那么令人服气，这是"隐患"，今天出了这种事，就是"明火"了。其他的事，有周瑶石顶着，但"这种事"，周瑶石说："你必须自己善后。"

汤瑾诗的眼泪一下子滚了出来。周瑶石的"这句话"比"这种事"更有杀伤力。

周瑶石好像就是在等汤瑾诗的眼泪。汤瑾诗木然地哭，他就欣赏般地看着。看了一阵，才说："不过，我会安排，以组织名义去和电视台接洽，帮你澄清事实，并且抗议他们的做法——毕竟，你是文化局的干部，毕竟，他们扰乱了文化局的工作秩序。"

汤瑾诗依然在哭，但没有哭泣时的那种心理反应。毋宁说是在哭给周瑶石看。

"好了，不要哭了。"周瑶石敲敲办公桌，"说说吧，你和那个开电车的——嗯，摇骰子的——究竟怎么回事？"

那么，汤瑾诗和那个"摇骰子的"究竟是怎么回事呢？汤瑾诗自己也很难说得清楚。

仝小乙为汤瑾诗上了次市里的电视，在文化局主办的晚会上大显身手，寓教于乐，以"骰子王"的身份倡导禁赌。晚会很成功，周瑶石很满意。"我是破例了，真的是破例了。"仝小乙强调这一切都是为了汤瑾诗。汤瑾诗相信仝小乙说得不假，但觉得仝小乙为她这样破一破例，也没什么大不了——她不是也破例让仝小乙在自己车上吸烟了吗？怎么说呢？两个人都有种天经地义的架势，把为彼此"破例"当作一种优待，像私下收受了某种特权。

　　汤瑾诗把仝小乙带到自己母亲面前。奇怪的是，母亲却根本认不出当年的这个小邻居，汤瑾诗说了半天，母亲依然"哦哦哦"。汤瑾诗想不通，怎么在自己眼里几乎是一成不变的仝小乙，到了母亲眼里，就成了"哦哦哦"？这里面是有点蹊跷啊。汤瑾诗想，莫非，有一种线索，只对她和仝小乙有效，是他们相互辨认的依据，别人根本无从捕捉？仝小乙也把汤瑾诗带到自己家里。遗憾的是，仝小乙的父母都已经去世了，没法让汤瑾诗鉴定一下时光对自己的改造程度。但汤瑾诗见到了艾小娥。艾小娥已经知道了汤瑾诗和仝小乙的关系，一见面，就腼腆地叫汤瑾诗"姐"。汤瑾诗被叫出了做姐姐的感觉，再次见面，就买了几件衣服给艾小娥。仝小乙的日子并不轻松，他那个公交司机之家，物质生活极大地不丰富，这是一目了然的事。但这个艾小娥，却有些不亢不卑。汤瑾诗送东西给艾小娥，艾小娥倒也不推辞，可一转眼，就让仝小乙送了双鞋来。汤瑾诗看着那双鞋，有些莫名其妙。汤瑾诗潜意识里是有些优越感的，觉得自己居高临下，应当也做一个"负责任的大国"。结果，这个艾小娥却注重国与国之间的平等，弄成了礼尚往来。

汤瑾诗对仝小乙说： "你家艾小娥怎么这么客气呀？"

仝小乙说："这不是客气，这是艾小娥懂礼貌！"

汤瑾诗说："跟我讲什么礼貌呀？"

仝小乙说："那也是你先跟艾小娥讲礼貌！"

事情过去了，汤瑾诗也没怎么放在心里。有一次，汤瑾诗在商场里看到那种鞋，一问，价格居然和自己送出的几件衣服基本等值。这个发现让汤瑾诗怔住了，心想，这肯定不是巧合吧，没有这么巧的事，显然，艾小娥是做了细致的工作，才还回来的这双鞋。先不说这些衣服鞋子之间复杂的数字换算，仅就双方支付出的数额来说，艾小娥就承受了一次不平等的压力——这双鞋对于一个女公交车司机来讲，实在太贵了。汤瑾诗觉得平白给艾小娥添了麻烦，同时，对艾小娥也有了些微妙的看法。此后的交往，汤瑾诗就比较注意了，不再送什么礼物，反而是艾小娥，用毛线织了手机套之类的东西送给汤瑾诗。女人和女人之间，时常就有些这样的小斗争，其中的玄奥，有时候也很惊心动魄。汤瑾诗觉得这很可笑，艾小娥这个小女人有些小题大做，紧张得都让人心疼了。

和艾小娥的缜密比起来，仝小乙完全就算得上是一个浑浑噩噩的人。这个仝小乙把自己所有的精力都放在玩上了，他太爱玩了，而且玩得纯粹，玩得不遗余力。在这种精神之下，仝小乙把自己玩成了"骰子王"，下的那番功夫，让汤瑾诗不由得都要生出敬仰来。汤瑾诗在仝小乙家亲眼看到了那几麻袋被摇碎了的骰子，四分五裂的它们见证了一个"骰子王"是怎样练成的。可是这个仝小乙玩出名堂后，却不学以致用。各种机会接踵而至，请他长期表演的，年薪一开口就是六位数。仝小乙却不为所动，继续在盛夏里卷起二指背心做他的电车司机。汤瑾诗问仝小乙："你傻呀？就这么爱开电车？多挣些钱，也让艾小娥享享福。"仝小乙被问得张口结舌，他自己也说不出个所以然，瞪着眼睛说："我就是爱玩喽！——我没想过去挣钱——为什么要让艾小娥享享福呀？——哎呀，——艾小娥现在是在受罪吗？——我看艾小娥很幸福嘛！"仝小乙自问自答，让汤瑾诗有些怀疑自己的幸福观，是啊，凭什么要认为人家是在受罪呢？

全小乙的体格小于成年男人的平均值，艾小娥更是个袖珍女人，看着这两个比别人小一圈的夫妻，汤瑾诗觉得他们像一对生不逢时的精灵，有些古怪的可爱，也有些古怪的可笑。

总之，全小乙和艾小娥的生活态度，在汤瑾诗的经验之外。

汤瑾诗的生活经验来自以下现实：

对于周瑶石，汤瑾诗在认清形势、摆正位置之余，也不免常常心生怨艾。毕竟，"认清"和"摆正"这两种姿态对人都是有些强迫性的，针对的是人顽固的本性——依着人的本性，天生都是"认不清"和"摆不正"的，所以就有个被矫正的痛苦在里面。而且，她和周瑶石的关系在局里几乎就是欲盖弥彰的，汤瑾诗时刻都要顶着同事们闪烁其词的眼光。这种压力虽然无形，但像空气一样无处不在。就是说，汤瑾诗时刻活在被污染的空气里。

男朋友康至，这个把周瑶石叫"叔叔"的律师，有个让汤瑾诗难以启齿的嗜好。说起来不可思议，他们没有在床上做过爱。律师康至对自己的办公室情有独钟，每次约会，无论在哪里，最后一个提议总是："去我办公室吧。"康至那间不大的办公室让汤瑾诗有些望而却步，在那里，康至往往是即兴式的，一改平时的温文尔雅，变得有些粗鲁，甚至粗暴，在汤瑾诗了无防范的情况下，突然行动，三下五除二，直奔主题。汤瑾诗从周瑶石那里得知，康至是携前妻一同出国留学的，结果，前妻跟她的导师搞在了一起。汤瑾诗联系起来想，认为康至热衷于在办公室里突袭自己，一定是对这件往事的报复性模仿。汤瑾诗分析，康至在类似办公室这样的场景中受到过刺激，怎么说呢？康至是把他当年远在异国受到的伤害，穿越时空，投射在自己身上了。这个结论让汤瑾诗很头痛，完全计较吧，好像也没有必要，可是，完全不计较，好像也说不过去。就算汤瑾诗心里不计较，但她的身体却要自发地计较，每次康至靠过来，汤瑾诗的身体就会隐隐约约弥漫出一股肃杀之气，也不知道康至是否能感觉到，反正，汤瑾诗是很为自己身体的擅自做主感到惊讶。汤瑾诗尝试着把康至向正常的方式引导，尽量在一些合理的空间亲近康至。可是，出了办公室，这个律师简直就是个谦谦君子，即使是在自己家里，也从不把汤瑾诗邀请到床上去。忍无可忍的时候汤瑾诗问他："结婚后呢？难道我们也要住在你的办公室里？"康至回答一句："这不是还没有结婚吗？"他机智的反问把汤瑾诗的质疑挡回去了，他并不正面回答，那意思是多解的，你可以理解为"结婚后会另当别论"，也可以理解为"还没结婚讨论这个问题纯属多余"。除了这个特殊的嗜好，康至堪称完美，但不解决康至的这个嗜好，汤瑾诗的心里就长期罩着块乌云了，面对康至时，身体长期地弥漫出肃杀之气。

汤瑾诗动过和康至结束的念头，不是很坚决，所以没有在康至面前表露。汤瑾诗对周瑶石含混地暗示了一下。康至是周瑶石介绍的人，由周瑶石来给自己安排男朋友，本来就是笔糊涂账，是汤瑾诗的温暖处又是汤瑾诗的伤心处，汤瑾诗内心的乌云和身体的肃杀可能与此也有些关系。汤瑾诗把了断的念头暗示给周瑶石，还怀有一些幽昧的动机，那就是看看周瑶石会如何反应。汤瑾诗不自觉地想试探一下人性叵测的那一面。周瑶石的反应很激烈。在汤瑾诗，这既有些出乎意料，又有些在情理之中。周瑶石说："你不要胡思乱想！康至哪里不好？我给你介绍的人，怎么会有错！"周瑶石并不罗列康至好在哪里，似乎这是不证自明的，因为是"我给你介绍的人"。周瑶石只需要强调他在这里面的分量就足够了。汤瑾诗饶有兴趣地看着周瑶石慷慨激昂，好像一个置身事外的人，玩味着里面曲折的内涵。

很多时候，汤瑾诗都有这样的游离之感，仿佛一个旁观者，在打量那个叫汤瑾诗的女人如何在尘世中周旋辗转，调整着自己的形势与位置；而那个叫汤瑾诗的女人自己，含糊其词，生活有个大致不坏的轮廓就行了。

做办公室主任，汤瑾诗的酒量纵然与日俱增，但终究也免不了会有喝醉的时候。喝醉了并没有多难受，难受的是，第二天那种生不如死的滋味：沮丧，厌恶，追悔莫及，甚至是痛苦无告。这种时候，汤瑾诗往往就认不清形势、摆不正位置了，成为一个怨气冲天的女人，向着冥冥中那个管事的高声抗议。这是身心共谋的结果，身体被摧残了，就上升到心理上，看来像是物理性质的，实际上，还是和精神有关吧？但是汤瑾诗宁可把这些感受归咎于酒精本身。汤瑾诗不是糊涂女人，不醉的时候，不爱去算糊涂账。

焦虑的时候汤瑾诗会设法舒缓一下自己的情绪，譬如，漫无目的地开着车跑一跑。偶尔还会跑得很远。有一次，汤瑾诗驶上了高速公路。高速公路给汤瑾诗的感觉是：你可以一往无前地跑下去，你不需要目标，平铺直叙的道路会引导你前进。结果汤瑾诗就这么一直向前跑。夜里实在困了，找了个加油站停下，人就睡在了车里。第二天醒来才发现，自己已经到了另一座城市的地界。晨曦初升，汤瑾诗看着车外万千变幻着的复苏景象，一瞬间整个人都有种雾化了的弥散之感……

这些，构成了汤瑾诗三十四岁时的生活，升华一下，也就是一个三十四岁女人的人生经验。

仝小乙像个栩栩如生的影子，又像个凭空捏造出来的亲人。重逢后，汤瑾诗偶尔去仝小乙家里转转，有时候也约他们夫妻一同吃顿饭。和他们在一起的时候，汤瑾诗很放松，饭也吃得真像是饭了，不再是酒桌上那种超出饮食本身的吃法。他们吃得多纯粹啊，要查账单，要打折扣，不打折扣也可以，饮料总是要送一瓶吧？这是汤瑾诗离婚前的吃法，如今重温的意义在于，它是种平衡和制约，类似给一辆奔波的车适当地做做保养。

这个时候仝小乙正在玩新的东西，他又迷恋上打乒乓球了。仝小乙依然是贯彻着他那种"就是不要命了，也要把它玩好"的作风。仝小乙先去体育馆找人打球，等到把认识的业余对手都打赢了之后，他就开始惦记上专业对手了。市里有体工队，也有正规的乒乓球运动员，但人家根本不和仝小乙打。仝小乙抽空就直奔体工队驻地，蹲在人家训练馆外面不走，一个目的：找人和他打一局。人家嫌他烦，开了门让他进去，派一个只有十一二岁的孩子跟他打。谁知道，这个门一开，就放进来个魔鬼。仝小乙连那个孩子都打不过，可这恰恰就是麻烦的根源，他今天打不过了，明天就更要来，那架势，就是非要打过了才罢休。人家赶他走，他也不申辩，夹了拍子继续蹲在门口等，等到人家训练结束了，他堵在门口请求："打一局吧，就一局！"运动员们都练累了，谁也没心情满足他的要求，他就尾随着人家跑到宿舍里死磨硬缠。这就影响到人家的正常训练了，找了保卫科的人对付仝小乙。保卫科一出面，仝小乙不免就吃了几次苦头。但是仝小乙矢志不渝，千方百计找到一个体委的关系，帮忙疏通了一番，最后终于如愿以偿，每天可以和专业运动员打上一局。

仝小乙的目标是：就这么一局一局地打下去，直到打出个"非专业性的"全国冠军。汤瑾诗当玩笑听，心想有这样的赛事吗？即使有，全国冠军，也太夸张了吧？可想一想那几麻袋摇碎的骰子，又觉得这个仝小乙就是个当代愚公，的确不能以常理来估量。汤瑾诗觉得自己蛮羡慕全小乙的。别人都在呕心沥血地认形势、摆位置，全小乙却在呕心沥血地玩。

如果不受干扰，坚忍不拔的全小乙没准真的会拿到一个"非专业性"的全国冠军。结果是汤瑾诗干扰了他，他的这个冠军之梦只能半途而废了。

那天汤瑾诗代表文化局招待几个外地来的客人，照例是喝了些酒，但绝对算不上多。这个饭局有些例行公事的意思，规格也不高，所以周瑶石都不用出席。汤瑾诗的负担并不是很重，客客气气的足矣。平时喝了酒，汤瑾诗是不开车的，但那天喝得实在是少，汤瑾诗几乎没有感到酒力，所以结束后依然开了车回家。时间还早，正是夜生活刚刚开始的时候，街上车水马龙，反而比白天还要显得热闹。也许恰恰是喝得不多，才把汤瑾诗正好调节到一种似是而非的状态里。汤瑾诗看着车外活色生香的景致，无端地就有些怅然若失。这种情绪一出现，好像将血液里本来微不足道的酒精发酵了一样，将汤瑾诗的头挑唆得居然有些眩晕。汤瑾诗努力振作精神，却发现，酒精一旦和怅然若失勾兑在一起，就有种弹簧般的韧劲，你进一下，它退一下，你一松懈，它就又反弹回来了。

汤瑾诗把车停在路边，不假思索地拨通了全小乙的电话。电话接通后，汤瑾诗用一种自己都觉得奇怪的声调说："小乙，我喝醉啦，你过来，帮我把车开回去。"全小乙问清了地点，说他马上就到。汤瑾诗疑惑地坐在车上，心想自己怎么这样跟全小乙说话啊，嗲兮兮的，像一只求助的母猫。汤瑾诗想得自己都笑起来，在心里对自己说："你这个女人是在勾引全小乙。"

　　怎么会这样呢，是醉了吧？醉了吗？就当是醉了吧。汤瑾诗觉得这种状态蛮好。作为一个女人，汤瑾诗在男人面前像一只母猫的机会太少了。跟周瑶石不可以，汤瑾诗下意识地耻于在周瑶石面前彻底地摇起尾巴，即使真摇起来了，说不定反而会弄巧成拙，周瑶石眼睛里摇来摇去的尾巴太多了。跟康至也不可以，汤瑾诗和康至的关系，近乎一种数学公式，双方是能够加以推理的，各方面换算下来，汤瑾诗已经没有"扮猫"的必要和余地。而且，即使汤瑾诗真的像一只母猫那样，目前康至十有八九还是会把她弄到办公室里去。但是微醺的汤瑾诗，现在有这种需要：像个母猫那样地撒撒娇，诉诉委屈。全小乙可不就是个最合适的对象吗？

　　全小乙火急火燎地来了。他打了辆车，停在汤瑾诗的车前。眼看着仝小乙跑过来，汤瑾诗的身体又一次擅自做主了，恶作剧似的，居然立刻有了醉意，一头埋在方向盘上，压得喇叭长鸣不已。仝小乙拉开车门，嘴里不停地"哎呀"，"哎呀哎呀哎呀，怎么醉成这样呀！太危险啦！哎呀哎呀哎呀！"被他这么一"哎呀"，汤瑾诗是不醉都不行了，由着他把自己拖出来，在车前绕一圈，塞进副驾驶的位置上去。汤瑾诗憋着笑，就是个闹一闹的意思。一个三十四岁的女人反驳岁月的最好方式就是：像个小女孩似的闹一闹。

仝小乙哪里知道汤瑾诗是在反驳岁月？他把汤瑾诗送到家，上楼都是半背半驮着的。汤瑾诗开始是做戏，但演着演着，怎么说呢？汤瑾诗入戏了：头真的很晕，身体真的很软，诉说欲也真的很强烈，完全就是喝醉了的状态。仝小乙忙前忙后，倒水，湿毛巾，汤瑾诗横在沙发里喋喋不休。都说些什么呢？汤瑾诗依次说起了：前夫，大学生活，父亲的去世，母亲的独居，她才进文化局时和群艺馆的人学过的书法——柳体！最后，周瑶石和康至也面目含混地出现了，其间又夹杂着对自己的宽慰，什么"无外如此"啦，"身不由己"啦，全是些既像狡辩又像忏悔的词。汤瑾诗自己也不明白这是怎么了，好像身体里有另一个人在替自己说话，说的又是另一个自己的话，说来说去，就把自己说到虚无的最深处里面去了。就这样，汤瑾诗真的醉了。汤瑾诗把自己说醉了。直到汤瑾诗感到灼热难耐，猛地回到现实中，才看到了仝小乙赤裸的肩膀孟浪地俯在自己头顶。是的，孟浪，这就是汤瑾诗内心的第一感受。

至今汤瑾诗也弄不清两人是怎么"孟浪"起来的，是谁先"孟浪"的。汤瑾诗意识到的时候，非但仝小乙已经"孟浪"地脱光了衣服，汤瑾诗自己身上也已经是"孟浪"地没有多少遮掩了。汤瑾诗有一瞬间的恼火，生气了，但她发现自己的手正"孟浪"地揽在仝小乙的背上，就立刻消了气，真的是"无外如此"和"身不由己"了。

仝小乙很棒啊。周瑶石快五十岁的人了，和他比起来，仝小乙简直是个将军。这里也不是办公室，这里是汤瑾诗自己的家啊，汤瑾诗的身体一点也不肃杀，还很欣欣向荣。

汤瑾诗和那个"摇骰子的"就是这么回事，无外如此，身不由己，既莫名其妙，又顺理成章，结果假戏真做了，实在不好说得清楚。

所以汤瑾诗对周瑶石说："我们只是从小的邻居，二十多年没见了。"

汤瑾诗这么说，并不觉得是在撒谎，她和全小乙的关系就应该是这么一个问心无愧的事实。周瑶石点点头，好像并没有深究的兴趣。

周瑶石说："我要提醒你，现在是什么时候。"

汤瑾诗想了想，才明白周瑶石话里的意思——周瑶石有望升迁，去市委做宣传部长，他要在离开文化局之前，落实汤瑾诗副局长的位置。现在就是这么个时候。

周瑶石说："这个时候惹出这样的乱子，你简直是荒唐！"

汤瑾诗哑口无言，态度端正地觉得自己的确是荒唐——不管是不是这个时候，惹出这样的乱子，都是荒唐！

周瑶石说："好了，先去'格桑花'吃饭，被你的事闹了一上午，肚子早被闹饿了。"

"格桑花"是文化局自己的宾馆，常年替周瑶石留着一套房间。

汤瑾诗突然想起什么，紧张地说："我被监视了，电视台在跟踪我。"

"监视？太荒唐了！电视台怎么能这么搞？这样不侵犯人权吗？"周瑶石愣住了，随即改了主意，"那你先回吧，在家里等消息，不要乱来！"

不要乱来——汤瑾诗坐进自己车里时，还在想周瑶石最后这句既像叮嘱又像警告的话。同样的话，几天前汤瑾诗也对仝小乙说过。仝小乙说他想好了，要和艾小娥离婚。汤瑾诗对仝小乙说："你不要乱来！"汤瑾诗想了想，自己当时这么说，好像既不是叮嘱也不是警告，充其量，算是种规劝吧？因为，自己压根没有意识到仝小乙会制造出麻烦——仝小乙一直都是很听话的。对于仝小乙，汤瑾诗始终大大咧咧，仝小乙已经百折不挠了，她依然很麻痹大意。在汤瑾诗眼里，这个仝小乙就像他打扮成的那个样子，是电视剧里的角色，即使山重水复地"孟浪"，也不会柳暗花明地兑现到生活里。

现在，仝小乙开始像摇骰子一样地摇撼起汤瑾诗的生活了，汤瑾诗的生活会被摇成一地的碎骰子吗？

汤瑾诗想得揪心。

车开到自己小区门前时，汤瑾诗一眼看到了蹲在路边的仝小乙。仝小乙蹲在那里，可能是蹲累了，双手还垫在膝弯处，一副不知好歹的样子。这个时候看到仝小乙，汤瑾诗不啻是看到了魔鬼，她一打方向盘，掉头就走。

仝小乙看到她的车了，迎上来，但车子掉头而去却让他大为意外。仝小乙愣了几秒钟，拔腿便追，梗着脖子，以百米冲刺的速度差点就扑上了车尾。汤瑾诗从倒车镜里看到不自量力的仝小乙，他那种无法接受现实的徒劳样子，不禁让汤瑾诗心头一酸。但是汤瑾诗立刻狠下心，"不要乱来！"她在心里大声警告自己。现在自己小区门前是什么？是瓜田李下！电视台的摄像机就埋伏在附近吗？那么就让他们拍吧！这个镜头足以说明问题了吧？

仝小乙追得执着。汤瑾诗心里反而有种要惩罚什么和反击什么的快感。汤瑾诗觉得此刻没有追逐者，她和仝小乙是在共同被某种迫害追逐着，是一起在奔逃。

当初和仝小乙弄在一起，汤瑾诗没有感到格外地不妥。仝小乙在汤瑾诗眼里，不是现实意义上的男人。就是说，汤瑾诗不需要对仝小乙进行现实意义上的计算与衡量。当然，汤瑾诗也不会格外感到满意，毕竟，这个

"摇骰子的"充其量只能说是无害，并不能谈得上如何有益。一切发生就发生了，似乎没什么大不了。所以，接下去汤瑾诗并不主动接触仝小乙。是仝小乙，好像突然得到了许可和召唤，猛烈地燃烧起来。

仝小乙放弃了他在乒乓球上的抱负，转而以同样的执着迷恋上了汤瑾诗。

仝小乙把这一切赋予神秘的色彩，他再三把玩那枚碎瓷，对汤瑾诗由衷地喟叹："难道不是吗？这块瓷一定通灵的，你想一想啊，它被你摔，被火烧，可是依然还是一块瓷——这就像我们一样，什么也改变不了我们注定在一起这样的事实，注定了，注定了的……"这是什么逻辑？也许是仝小乙拙于修辞，反正是很不令人信服。但仝小乙信，他以一种"注定了"的虔诚，归顺在命运的安排里了。

仝小乙欢欣鼓舞地来找汤瑾诗，如果汤瑾诗不在家，他就蹲在小区门口死等，好像那时蹲在体工队的训练馆外面一样。一开始，汤瑾诗是不鼓励也不排斥的态度，仝小乙来了，她也接纳，听听仝小乙神神道道的口唆，也是一种调剂。那枚碎瓷的边缘已经被仝小乙摩挲得光滑无比了，已经让人看不出残骸的样子，反而真像个有些来头的东西，汤瑾诗有时候捏在手里玩，心里居然也会有些通灵之类的联想。

全小乙像对待这枚碎瓷一样的对待汤瑾诗，恭顺，臣服，五体投地。他喜欢趴在汤瑾诗怀里吟哦一般地赞美："噢，这才叫胸啊，你自己摸一下，多软啊，你看这肚子，像个水袋一样，枕在上面就是最高级的枕头啊，哪里像艾小娥，长了个男人一样的肚子，硬邦邦的，肌肉像专门练过一样的哟，女人就是要有这样的软肚子，女人就应该像一团棉花啊……"

这就是被歌颂。在汤瑾诗的心里，这还是在被岁月歌颂。

谁这么歌颂过汤瑾诗呢？以前没有，前夫恰恰是由于木讷才被汤瑾诗所厌恶的，汤瑾诗不能容忍自己"棉花一样"的身体被熟视无睹；目前也没有，周瑶石不会，会也没有这么由衷。康至呢？这个男朋友除了会在办公室突袭她，其他时候总保持着一段距离，这段距离就是公式之间那道不可逾越的"＝"号，鸿沟一样的。汤瑾诗被全小乙歌颂得洋溢出棉花一样的软意。要知道，和所有女人一样，汤瑾诗也是很在意自己体形的。汤瑾诗是那种比较圆润的女人，对此，汤瑾诗有时候不太能确定出好坏，她觉得自己略嫌丰满了些，尤其是腰腹，没有那种纤细女人的好看。如今，这种疑虑在仝小乙的歌颂声中烟消云散，汤瑾诗当然是乐于消受的。

仝小乙整个人都像他说话的方式一样，弥漫着感慨万千和一唱三叹，尽管有些比喻并不曼妙，譬如"水袋""枕头"之流，但这样才显得朴素诚恳啊，让人有一种含英咀华的好心情。在现实中认形势，摆位置，是一件很辛苦的事情，然而和仝小乙在一起，汤瑾诗随便就可以飘飘然。

汤瑾诗反对仝小乙拿她和艾小娥做比较，虽然她从中体会出得意，但下意识还是觉得有些不妥。汤瑾诗问仝小乙："你这样，会不会觉得对不起艾小娥？"她这样问，实际上已经是把责任全部推给了仝小乙，是"你这样"，和她好像没什么关系。

这是最让仝小乙犯难的一个问题，他听不出汤瑾诗话里的阴谋，片面地感到自己责任攸关，只有唉声叹气，很迷惘的样子。

汤瑾诗对此也不深究，她心里也只是隐隐约约有个感触，并没有上升到很严峻的高度，而且这个感触更多地是来自一股"不屑于"——汤瑾诗从心底里是"不屑于"和艾小娥做比较的。

结果，仝小乙已经冒出危险的苗头了，汤瑾诗依然只是沉浸在被歌颂的满足里，并没有引起足够的警惕。

汤瑾诗只是觉得仝小乙有些烦人了。有一次，仝小乙等不到汤瑾诗，打电话问她在哪里。汤瑾诗正在陪人唱歌，随口说了自己所处的位置。结果汤瑾诗从歌厅出来发动车子时，被蹲在地下停车场暗处的仝小乙吓得半死。当时已经很晚了，仝小乙突然冒出来，蝙蝠侠一样地贴在她的车窗上。汤瑾诗惊叫一声，引得同车的几个人都跟着哇哇叫。看清楚了是仝小乙，汤瑾诗简直是怒不可遏，一边跟车里的人解释，一边下了车，用驱赶的态度低声呵斥仝小乙。仝小乙还想分辩，不料被汤瑾诗动作隐秘地猛踢了两脚。汤瑾诗的动作不敢太大，因为众目睽睽，所以只有在力度上加些分量，脚尖踢在仝小乙硬邦邦的小腿骨上，自己都是一阵钻心的痛。仝小乙服从了，一瘸一拐地回到暗处去。作为惩罚，汤瑾诗就此命令仝小乙以后不许给她打电话。意思其实已经很明确了，那就是：你永远给我待在暗处！

仝小乙很听话，诚恳地保证："你不要我打我一定是不打的，为了保险，我现在就把你的号码删除掉——我怕我万一管不住自己，又打给你啦。"

这个办法很有效，仝小乙真的管住自己了。他不给汤瑾诗打电话，改为顽固地在汤瑾诗家楼下守候，后来几乎发展成规律了，只要汤瑾诗回家，就可以在楼下看到废寝忘食的仝小乙。也不知道汤瑾诗彻夜不归的时候，这个仝小乙是怎么打发自己的。

这就干扰到汤瑾诗的生活了。虽然周瑶石一般不会光临汤瑾诗家，康至似乎也没有这方面的兴趣，但这种可能性还是存在的，怎么说，这两个男人都有理由这么做。真有一回，周瑶石说："去你那儿！"当时汤瑾诗慌得都要背过气了，干脆连句像样的解释都没有，直接把车开到了"格桑花"。好在周瑶石喝醉了，根本弄不清东南西北。

汤瑾诗严令仝小乙不许擅自到她这儿来。这回，仝小乙不听话了，无辜地说："我也没办法呀，我总不能把自己的腿也删除掉吧？腿在，我就管不住自己啦，腿就自己跑到你这儿来啦。"

这本来也该算作是一个很高级的赞美，但汤瑾诗却认为仝小乙这是在油嘴滑舌了。

汤瑾诗对仝小乙的兴趣骤然递减。征兆是，她不允许全小乙在自己车上吸烟了，"破例"的口子扎了起来。全小乙来了，汤瑾诗心情不好，就绝不会通融。不妙的是，面对全小乙，汤瑾诗心情好的时候也是在递减。这就苦了全小乙。汤瑾诗不给面子，全小乙是一点办法也没有的。全小乙只有摩挲着那枚碎瓷，感慨万千地向汤瑾诗追忆童年时光：哪一次一起捡了只野猫啦，哪一次结伴去公园，结果双双失足落水啦……

全小乙说："我小时候就爱你，我可以对天发誓！"

这些鸡毛蒜皮的话汤瑾诗听得多了，已经兴趣全无。童年很可贵吗？可贵在哪里呢？纯真吗？汤瑾诗以一个三十四岁女人的道德感批判：再纯真，你现在背着艾小娥乱搞，也不纯真了！至于"对天发誓"之类的，汤瑾诗觉得简直就是荒谬，自嘲地想，如果"对天发誓"有用，那她一定去试试，看看能不能让周瑶石变得可以被企图——她在周瑶石那里能摆正自己的位置，这个全小乙在她这里为什么却摆不正？

全小乙很颟顸。全小乙一往情深。全小乙以那枚碎瓷为精神寄托。全小乙把汤瑾诗的态度归咎在艾小娥身上了。"哎呀，我知道你是怕对不起艾小娥，我很理解你，因为我也怕对不起她。在这一点上，我们是一致的。可是，怎么办呢？"仝小乙痛苦地说："你们两个我谁也不想对不起呀！"

汤瑾诗觉得这个仝小乙太大言不惭了，好像自己在纠缠他，他处在一个两难的境地一样。汤瑾诗说："你不要发神经，艾小娥挺好的。"

仝小乙说："对对对，艾小娥真的是很好的！你都不知道，艾小娥有多好！——你知道我车上那个搪瓷缸子里装的是什么吗？夏天是绿豆汤。冬天是什么呢？是鸡汤！——全都是艾小娥亲手弄的啊！"

汤瑾诗说："那你就好好去喝艾小娥的鸡汤。"

"唉——！"仝小乙长叹一声，"你真善良啊，始终在替艾小娥着想。"

汤瑾诗跟他没话可说。汤瑾诗发现了，这个"摇骰子的"仝小乙太简单了。这种简单初看是可爱，看久了就是可耻，是严重地认不清形势，摆不正位置！仝小乙对她的态度也变了味道，连唯唯诺诺都谈不上，简直就是自以为是地死皮赖脸。

汤瑾诗正式驱逐仝小乙："我们的事到此为止，你清醒一点！"

仝小乙陷入在空前的煎熬中。摇骰子，打乒乓球，只要他发了狠，局面就很笃定——对着自己使劲就行了。爱汤瑾诗，却是个需要回应和配合的事，汤瑾诗要置身事外，他的一腔热血就没了着落。仝小乙觉得妨碍着他和汤瑾诗的，只有艾小娥。终于，仝小乙跑到汤瑾诗家来，以一副悲壮的神态向汤瑾诗汇报："我要和艾小娥离婚，我全告诉她啦，我求她成全我们！"

仝小乙经过了怎样艰苦卓绝的斗争汤瑾诗并不知道，汤瑾诗只是看到仝小乙整个人像脱了形一样，本来精瘦的样子，现在有些骷髅的架势。汤瑾诗讨厌仝小乙骷髅的架势。汤瑾诗也不想听仝小乙神经兮兮的话。仝小乙千辛万苦得来的决定，换回汤瑾诗的一句："你不要乱来！"这句话本来有些规劝的意思，但汤瑾诗说出来就成了颐指气使。

仝小乙还在一厢情愿地判断着汤瑾诗："你真善良，可是没办法，我们继续瞒着艾小娥，才是不道德的！"

汤瑾诗听着生气，变了脸，干脆就赶仝小乙走了。仝小乙还钻在他自己的牛角尖里，又不敢拂逆汤瑾诗，只好悻悻地离开。仝小乙离开的背影，像具移动的骨架标本，即使隔着衣服，都好像能让人看出一根一根的肋骨。汤瑾诗心里也有些发软，但也只是那种爱莫能助的软。汤瑾诗觉得这个全小乙实在是没长大。就是这一次，电视台拍下了全小乙从汤瑾诗家出来的画面。

三

周瑶石说到做到，以组织名义派人去电视台交涉。结果似乎不坏，电视台方面称，节目一定要做，但承诺只讲委托人夫妻间的矛盾，不会涉及汤瑾诗的名字和形象，并且，保证不出现和文化局有关的任何画面。汤瑾诗在家里得到消息，心里松了口气。周瑶石传达完毕后说，现在没问题了，他在"格桑花"等汤瑾诗。

汤瑾诗开始收拾自己。令汤瑾诗意外的是，短短两天，自己小腹多余出的那块肉，居然令人振奋地没有了。现在，汤瑾诗穿上了那条一度显得别扭的新裙子。对着镜子，汤瑾诗把自己收拾成了一个礼物，而这个礼物，是要呈送出去的。挑选鞋子的时候，汤瑾诗联想起艾小娥送给自己的那双鞋。汤瑾诗想，道理都是相同的，礼尚往来，连艾小娥这样的公交车司机都懂得，自己有什么理由不遵循呢？

到了"格桑花"，没想到康至也在，和周瑶石一起坐在包厢里。康至在看报纸，汤瑾诗犹豫了一下，还是坐在了他身边。

周瑶石坐在对面，一边吩咐上菜，一边严肃地对汤瑾诗说："小汤你要吸取教训。"

汤瑾诗有些难堪，没料到周瑶石并不对康至隐瞒这件事。康至事不关己地看他的报纸，好像他们完全是在谈公事。

周瑶石说："以后和社会上的人不要走得太近，不过是个小时候的邻居嘛，这么多年不打交道了，你知道他什么底细？尤其是异性关系，一定要注意，这不是，惹出麻烦了吧？你知道你是清白的，可是别人会诽谤，现在这种人很多的，庸俗，低级。你问问康至，他是做律师的，这方面的例子很多吧？"

康至放下报纸，沉思了一下说："是很多，捕风捉影，最后就闹到打官司的地步。"

菜上来后，周瑶石问："你们打算什么时候结婚？"

汤瑾诗看看康至。康至正在专心啃一块羊排，等了一阵才明白汤瑾诗是在让他来回答。

康至说："什么时候都可以啊，大家都是成年人，婚姻自由嘛。"

汤瑾诗料到了康至会这么说。这就是律师康至的风格，答非所问，却又没什么漏洞。

周瑶石说："那就抓紧一些，你母亲总问我你们的进展。"

康至不置可否地点点头。汤瑾诗已经比较适应康至的这种态度了，并没有多少不满的情绪。怎么说呢？康至大差不差，关键还是周瑶石"钦定"的，她就要顺应这个形势。前段时间汤瑾诗怀孕了，她可以肯定，这是在康至办公室弄出的结晶（因为康至是即兴式的，所以无从预防），结果汤瑾诗自己去医院解决了，然后在家不事声张地躺了三天。

吃完饭，康至要走，说明天有个案子开庭，他必须回去准备一下。康至问汤瑾诗："跟我去办公室？"周瑶石怡然自得地剔着牙。汤瑾诗熟练地说："这两天没去局里，我有些事要跟周局汇报一下。"康至无可无不可地耸下肩，自己走了。有时候汤瑾诗觉得，康至在周瑶石面前，有股大智若愚的味道，好像水面下藏着股暗流，这让汤瑾诗既兴奋好奇，又焦虑不安。

后来在周瑶石专门的房间里，汤瑾诗告诉周瑶石，康至一直就是这么个避实就虚的样子，好像随时能和她结婚，但又从来不着手落实，让人猜不透，"神秘莫测"得很。汤瑾诗是在有意强调康至的"神秘莫测"，周瑶石却没有充分领会："康至在国外待得太久，学了些外国人的做派，就是比较尊重别人的自由，他没有反对，其实就是在等你决定。"

汤瑾诗幽幽地说："我总不好逼他结婚吧？"

周瑶石大约听出些别的情调，意味深长地搂搂汤瑾诗的肩膀，换了话题："你这次的事情很复杂。我刚得到消息，这次竞争宣传部位置的，除了我，另一个就是广电局的曲局长。现在这个时候，我们竞争，就是文化局和广电局竞争，偏偏你又出了事，偏偏还犯在他们的电视台手里！"

汤瑾诗瞪大眼睛，一脸的无助。周瑶石要的就是这个效果吧，搂在汤瑾诗肩上的手加了些力气，就像上帝之手，给人以抚慰，让汤瑾诗觉得，这样的一双手是没有什么摆不平的。

结果周瑶石这次却失手了。汤瑾诗遵照周瑶石的安排在家休息，消息是康至传来的。康至在电话里有种抑制不住的兴奋劲儿："看电视看电视，都市频道！"

汤瑾诗打开电视就看到了自己。

电视在播放《情感踪迹》栏目的预告片：一个是神奇的"骰子王"，一个是前途似锦的女干部，他们因何陷入在情感的旋涡之中……伴随着这些字样，汤瑾诗隔着一道门缝出现在画面中。门缝中汤瑾诗的那张脸，像一个任意被截取的活体标本，它以递进的方式连续定格，不断叠加着放大，最后充斥在整个屏幕上。于是，那张脸上的疑惑被放大成了惊恐万状，难能可贵的镇定却成了外强中干。

汤瑾诗看痴了，觉得自己跳离了自己，然后又一下一下反扑过来。画面中的脸每递进一次，汤瑾诗都不由自主将脸躲闪一下。

接着艾小娥出现了。艾小娥对着镜头说："她为什么不敢开门？她不敢开门肯定在里面嘛！"艾小娥在掩面哭泣，手放下来，就是一张遍布着伤痕的脸。然后是全小乙。全小乙穿着黑色的风衣，戴着黑色的礼帽，系着白色的围巾。全小乙在表演，骰子摇得哗啦啦。全小乙从汤瑾诗家的楼洞出来了，一摇三晃，单薄得像一片纸。然后又是汤瑾诗。汤瑾诗在上自己的车。镜头也在一摇三晃。汤瑾诗的车也在一摇三晃。

这时候，汤瑾诗才发起抖来。

手机一直在响。然后是家里的座机。汤瑾诗举起电话，才发觉又是手机在叫了。

"这是阴谋！完全是阴谋！我竟然一点消息都没有，不是康至打电话，我还被蒙在鼓里！"汤瑾诗抖着，手机里周瑶石的愤怒被抖出了惊惶的味道。

周瑶石说："你要镇静！"

汤瑾诗鬼使神差地回了一句："嗯，你也要镇静。"

周瑶石咳一声，说："我很镇静！明天我亲自去电视台，你也必须去，是要正面较量一下了。"

"正面较量"这个强悍的词组灌进汤瑾诗耳朵里，让汤瑾诗不自觉地凛然起来。凛然起来的汤瑾诗瞬忽意识到，原来这个世界上也有周瑶石措手不及的地方。这个发现竟然让汤瑾诗有些激动。激动什么呢？汤瑾诗自己也说不清楚。汤瑾诗只是觉得自己因此都有些不可思议地振作了。从来就没有什么救世主啊，也不靠神仙皇帝，汤瑾诗要自救！汤瑾诗几乎要哼出意气风发的歌来了。汤瑾诗翻出了电视台一个编导的手机号码。这个编导算是个熟人，搞过文化局组织的晚会——就是那次全小乙配合的"抵制黄赌毒"。手机通了。汤瑾诗镇静得连自己都感到欣慰：必要地寒暄，巧妙地切入正题，婉转地拜托，最后是恰当地暗示。汤瑾诗像是在例行公事，那样子，完全就是个经过锻炼和培养后的合格的办公室主任。

编导也是明白人，很坦率："停播？汤主任，真的很遗憾，这个忙我可帮不上。现在节目竞争太厉害了，要跟黄金剧拼，要跟同类节目拼，要和收视率拼，简直是血肉横飞，每个栏目都是自己养活自己，我怎么能让人家撤节目？——如果是我的节目，没问题，你汤主任一句话，我就是不吃这碗饭了也给你坚决撤下来！实在是鞭长莫及，鞭长莫及啊！"

汤瑾诗礼貌地说："好的，不好意思，为难你了。以后多联系，我们合作的机会应该不少。"汤瑾诗想起来了，刚才电视中全小乙表演的镜头，应该就是出自这位编导之手，而那次合作，自己是亲手把两万块钱塞在这个编导包里的。

合上手机后，汤瑾诗还保持住了一阵泰然自若的风度。随即，像建筑物定向爆破时那样，有一个短暂的、很内敛的轰鸣，然后骤然坍塌。这个时候的汤瑾诗，才真正地被这个事件击中了。

看来还是有必要重温一下热力学第二定律，它可表述为：在任何闭合系统中无序度总是随时间而增加。换言之，就是——事情总是越变越糟。

第二天汤瑾诗和周瑶石一同去了电视台。同行的还有局里的工会主席老赵。一切宛如一场正常的公务。汤瑾诗的脸上看不出什么破绽，她太平静了，让老赵都有些不安了。老赵是个快退休的女人，一贯慈眉善目。坐在车上，老赵一路把汤瑾诗的手捂在自己掌心里，时不时还拍一拍。这拍一拍，是安慰，是声援，还是沉痛的叹息？让老赵想不到的是，汤瑾诗后来一把抽回了自己的手，唰的一下，那态度，居然是忍无可忍的意思。

电视台称得上戒备森严。门卫不由分说地拦住他们一行人，直到周瑶石打了电话，从楼里迎出一位台长。台长很热情，对周瑶石连呼"失礼"。周瑶石打着哈哈："我是专门来烧香的。"台长说："周局就是来烧楼的我们也热烈欢迎！"就这么嘻嘻哈哈地上了楼。周瑶石被让进了台长的办公室，老赵陪着汤瑾诗见到了《情感踪迹》的制片人。

对方是一个和汤瑾诗年龄相仿的女人。两个人的目光碰在一起，彼此都有些吃惊。她们双双发现，对方衬衫上别着的那枚钻石胸针，和自己的居然款式相同，就像某个秘密组织特殊的徽章一样。汤瑾诗对这次会面不抱什么幻想了。汤瑾诗觉得自己碰到了一个同类。而同类，往往就是天敌。

　　果然也是这样。女制片人的态度说是傲慢都不为过，她面对着汤瑾诗时，下巴始终是微微翘着的。汤瑾诗不甘示弱，同样报以自己的下巴。汤瑾诗在心里做了很富想象力的假设：说不定，这个女人正是那个什么"曲局长"的女人，她是在代表她的男人"正面较量"……这么一想，汤瑾诗的心里就是一痛——自己呢？能像人家这样，代表周瑶石"正面较量"吗？汤瑾诗的魂跑掉了，结果始终是老赵在交涉。老赵夹在两个下巴之间，把交涉弄成了是非。

　　老赵眉开眼笑地说："同志，你们的节目我经常看的，你自己也做主持人吧？我认得你！你们的节目是怎么做的呢？好看！我以前认为都是胡编乱造，原来还都是真有其人啊。"

　　女制片人说："是的，戏剧性和真实性，是我们节目的宗旨。"

人家的话很专业。和人家比起来，老赵就像个家庭妇女了。

老赵说："你们的素材都是从哪儿来的？"

女制片人说："我们从打电话寻求帮助的人里面选择采访对象，有时候记者也会主动去找，看需要吧。"

老赵说："那你们这期节目是怎么弄的？"

女制片人说："是委托人自己找来的，之前我们的记者和她有个沟通，觉得她基本还是可信的，而且，她也有表达的意愿，这些都符合我们的要求。"

老赵变得有些严肃了："你们凭什么觉得她可信呢？如果那个女人利用你们扭曲事实，你们不就上当受骗了吗？"

女制片人说："我们有自己的专业经验，怎么说呢？长期从业，我们的判断能力是可以培养和锻炼出来的。"

汤瑾诗哼一声，下巴翘得更高了——培养和锻炼，陈词滥调！

老赵也不以为然："我是说万一，万一有人成心利用你们呢？"

女制片人说："这样的事情我们也遇到过，有人为了其他目的找我们，但我们也会跟着拍，结果，到最后在节目中把他不正当的目的暴露出来。"

老赵抢着说："欲擒故纵！"

女制片人说："对，可以这么说。我们会因势利导。"

老赵异想天开地说："那么这次节目，你们会不会也是在因势利导啊？最后还我们汤主任一个清白？"

女制片人笑了："这个你到时候看节目就知道了。"

老赵也跟着笑，但一看汤瑾诗的脸色，立刻意识到自己的立场有些问题。"不过，我还是觉得你们有漏洞，毕竟是靠经验，可有时候经验害死人啊，这方面的教训太多了！"老赵大约觉得还不够犀利，转而开始贬低："据我了解，现在的记者年纪都很轻的，工作也不踏实，有时候乱下结论。"

女制片人说："这种个别现象也许有，但如果你是在说我们，请拿出证据。"

老赵说："是啊，要说证据，大家是不是都应该拿出来啊？你们拍我们汤主任，有证据吗？"

女制片人说："我们相信自己的镜头，让镜头说话。我们只负责真实地呈现。"

这时候汤瑾诗开口了："请问，你们采访全小乙了吗？他怎么说？"

汤瑾诗突然意识到，正本清源，全小乙才是个关键。

女制片人说："我们当然希望他能够表态，但很遗憾，就像你一样，他拒绝采访——当然，这是你们的自由。"

汤瑾诗激动了，觉得已经被对方下了判决，和全小乙成了"你们"。汤瑾诗质问："既然是夫妻矛盾，你们怎么能听信一面之词？"

女制片人说："我们不简单听信任何一方，一切交给观众，观众会有判断的。"

"我抗议你们这样做！"汤瑾诗失控了，"你们是在侵犯我的生活！你们必须停止！"

"没法停止了，片子已经剪好，进入播出流程了，我们有我们的规矩。"女制片人很从容，像一场战斗一样，不忘撅其要害，给汤瑾诗最后一击，"如果不是你们局长亲自来，你们连电视台的楼都上不了。"

汤瑾诗和老赵从楼上下来，周瑶石已经站在楼下了，那位台长依然陪在身边，两个人谈笑风生。告别的时候，这位台长还主动和汤瑾诗握了握手。

　　一上车，周瑶石的脸色就凝重下来："没有余地了，只有通过法律渠道追究他们的责任了！"

　　老赵附和说："对，告他们，要他们赔偿名誉损失！"说着，又不自觉地去拽汤瑾诗的手，手伸出一半，又收回去了。

　　汤瑾诗是一脸欲哭无泪的凄然，但两道眉毛却是向上刺的，像牛角，随时要挑人。

　　现在这件事已经不是汤瑾诗的事了，或者说，不完全是汤瑾诗的事了。现在这件事成了周瑶石的事。"阴谋！"周瑶石用这个词定义这件事，而这个"阴谋"是针对他的，是广电局曲局长和他的一场政治角力。这虽然只是个揣测出来的局面，但周瑶石不惮于以最坏的恶意来推测对手，他必须反击，借此机会争取为自己加上一分。

　　周瑶石说："用法律的手段打赢这一战！"

　　汤瑾诗沉默着，心里出现一种事不关己的冷漠，似乎是撞到了一件好事，自己不应当来和周瑶石抢。周瑶石向康至咨询，打赢官司的胜算有多少。康至毫不迟疑地答复：十拿九稳。周瑶石让康至来"格桑花"商量，康至却"神秘莫测"地说，这是正规业务，他们应该来他的办公室谈，听上去是一种很严谨的专业态度，很让人感到放心。

坐在自己办公室里的康至，形象很好看，斯文儒雅，气宇轩昂，这也是当初打动汤瑾诗的一个原因。康至居然录下了预告片的内容，"这很重要，必须录下来，正式播出的时候，更要录下来。"显然他已经是未雨绸缪了，有些跃跃欲试。周瑶石和康至讨论得很细致，很热烈，把不长的一段录像翻来覆去地看，既像是研究又像是观摩：快进，慢放，暂停！这件工作还是放在律师康至的办公室比较合适，如此才相得益彰，有一种理性的法律精神在里面。

眼前的一切弥散出一股燠杂的气息，让汤瑾诗觉得，她只是一个陪衬，或者是一个必要的由头。这两个男人凌驾于她之上，根本无视她的存在。他们并不追究她是否真的和仝小乙有染，似乎这是个不言而喻的问题，至少，也该是个心照不宣的问题，他们只需要预设出汤瑾诗的清白，并以此启动法律的武器。这就是汤瑾诗目前的形势和位置。汤瑾诗不知道自己是不是应该有些侥幸的窃喜？

　　汤瑾诗安静地坐在自己的形势和位置里，反而从焦虑不安中摆脱了出来，她只是有种深深的倦怠，倦怠到都有些乏味的地步了，牛角一样的眉毛垂了下来。一切都由他们来决定，汤瑾诗需要做的只是以原告的名义签署正规的法律文件。那份委托书的格式让汤瑾诗觉得有些滑稽，姓名，年龄，性别，诸如此类，依次填下来，汤瑾诗就把自己填出了陌生感，似乎自己真的是一个需要被重新描述的人，而事实上，就在这间摆着大部头法律典籍的办公室里，她曾经怀上过一个孩子。

　　真的要起诉吗？这是周瑶石的事，这不是汤瑾诗的事。周瑶石的态度斩钉截铁。第一被告是电视台，第二被告是艾小娥。汤瑾诗内心一颤，回到现实中："艾小娥也要告吗？"康至同样斩钉截铁："必须要告——这是个法理问题，她是重要的一环。"他们都在斩钉截铁，汤瑾诗完全是被动的，好像露一下头，一把铁锤就敲下来。何况，汤瑾诗既不是钉也不是铁。

　　三个人弄到很晚，然后一同出去吃饭。从办公室出来，站在电梯里时，夹在两个男人中间的汤瑾诗突然大叫了一声：啊！

啊！这完全是从肚子里自己跑出来的声音，像一首饱含激情的赞美诗的先声，连汤瑾诗本人都吓了一跳。三个人面面相觑。汤瑾诗尴尬地笑了。

四

作为汤瑾诗的律师，康至主动联系那位女制片人，但对方始终没有接听他的电话。"只有法庭上见了。"康至如释重负地说，似乎这反而是他愿意看到的局面。

《情感踪迹》两天后正式播出。汤瑾诗要提前把母亲接到自己家住。汤瑾诗怕母亲看到这期节目。除此而外，汤瑾诗似乎再没有其他顾虑了。事情发展到如今这个地步，汤瑾诗已经是一个任其摆布的态度了。起初汤瑾诗觉得很无辜，所以愤然。但是，当她把艾小娥列为被告时，就不觉得自己非常无辜了。汤瑾诗转为一种伤感的内疚。这种内疚是对于艾小娥的，也是对于自己的。汤瑾诗感到艾小娥和她都受到了不公正的待遇，是被侮辱和被损害的人。这种情绪很抽象，类似于把世界划分成两部分，一部分是主动的，一部分是被动的，而汤瑾诗和艾小娥，都属于被动者。这样的划分，让汤瑾诗的内疚有别于检讨，反而让她生出一股对于自己的怜悯，有些自怨自艾，有些莫可奈何的惆怅。汤瑾诗一点也不觉得自己比艾小娥幸运，每个人有每个人的形势与位置，她目前的形势和位置，一点也不比一个弃妇强。汤瑾诗对自己说："你是个可悲的女人！"

　　汤瑾诗的母亲不算很老，但自从汤瑾诗的父亲去世后，性情就具备了老年人的一些特征，顽固，愤懑，颠三倒四，喜欢像一个孩子般地虚张声势。母亲看不惯汤瑾诗的生活态度，并且乐于直言不讳，最严厉的指责是说汤瑾诗"好吃懒做，不切实际"。母亲此言是针对汤瑾诗离婚说的，母亲认为汤瑾诗好端端地把自己变成个离了婚的女人，正是这样的坏思想在作祟。母亲的总结并没有切中要害，但"坏思想"汤瑾诗自认的确是有一些的。老一辈人的生活何其单纯，相对于母亲的单纯，汤瑾诗觉得自己的生活复杂到了都有些令人发指的地步。既然如此，母亲简单粗暴的批评，就是不必要、也没办法回应的，大家根本就是两个世界的人，形势和位置不同，因此切合的实际当然是不同的。汤瑾诗适当地回避母亲，只是偶尔去看望一下，不要彼此折磨就好。

汤瑾诗去接母亲，让母亲和自己住几天。母亲不理解，一开始是拒绝："我为什么要和你住几天？我又不是没有家，我又不需要你养活。"

汤瑾诗哀求道："是我需要你好吧？我一个人很孤独，你陪陪我好吧，妈妈？"

汤瑾诗拉着母亲往回走。车开到半路，突然迎面一辆公交车逆行径直撞了过来。汤瑾诗吓傻了，猛踩刹车。公交车近在咫尺了才侧转方向，紧贴着汤瑾诗的车身风驰电掣地呼啸而过。汤瑾诗都听到了公交车上的一片惊呼。汤瑾诗把车刹在路边，半天说不出一句话。公交车擦肩而过的一瞬间，汤瑾诗看到了居高临下的艾小娥。那个瞬间居然显得无比漫长，漫长到汤瑾诗都能够看清楚艾小娥脸上那种笑盈盈的表情，这种表情最吓人，就是一副视死如归的表情。直到母亲下了车扬长而去，汤瑾诗才回过神。母亲说死也不坐汤瑾诗的车了："吓都给你吓死啦，我不如自己走，累死也比吓死好！"汤瑾诗好说歹说才把母亲劝回车里，一路上顾不得胡思乱想，慢吞吞地开着车，沿着路边谨小慎微地走。

回到家汤瑾诗心里的余悸才泛上来，不寒而栗。汤瑾诗利令智昏地想，和艾小娥沟通一下……二十万差不多吧？这是汤瑾诗目前能拿出的数……给艾小娥二十万，这件事就能一劳永逸地解决掉吧？但一转念：这种沟通的性质像行贿，万一再被艾小娥曝光出来，自己的罪名就完全被坐实了。而且，即使艾小娥接受，周瑶石和康至也不会同意，他们现在热情洋溢地需要一场官司，她私下里和艾小娥做交易，就是背叛他们。

汤瑾诗是真的深受刺激了，如果说之前她还有些恍恍惚惚，那么今天艾小娥开着公交车把她一下子挤到悬崖边了。汤瑾诗恐惧，悲伤，深感孤立无援的滋味。本来和汤瑾诗都是"被动者"的艾小娥，现在以一个疯狂杀手的姿态，与汤瑾诗划清了界限，于是，整个事件只有汤瑾诗一个人在受难了。

晚饭母亲要在家里吃。汤瑾诗平时是不做饭的，所以家里有米无盐。为了避免母亲指责自己"好吃懒做"，汤瑾诗只有下楼去采购。小区里就有超市，汤瑾诗大包小包地买了来，楼上到一半，就听到了仝小乙和母亲的对话。

母亲说："汤瑾诗不在家。你是谁呀？"

仝小乙说："是我呀，哎呀，阿姨是我呀。"

母亲说："我不认识你的。"

全小乙说："你怎么会不认识我？你这不是说瞎话吗？你让我在这等一下，汤瑾诗回来了你就认识我啦。"

母亲发怒了："我说了不认识你就是不认识你，走走走！"

然后是一声响亮的关门声，接着是全小乙踢踢踏踏的脚步声。汤瑾诗赶忙撤出楼洞，躲在一棵梧桐树后面。全小乙蔫头耷脑地出来了。以前的全小乙，虽然谈不上体面，但也自有一股精干利落的样子，如今，他已经完全是一副落魄相了，灰头土脸，萎靡不振。人的表情也是有一身衣服的，有的人很光鲜，有的人，就很褴褛。全小乙表情的衣服现在就褴褛毕现，让人能一下子看到可怜的灵魂。汤瑾诗在树后目不转睛地窥视着面目全非的全小乙，心中出现一种同病相怜的情绪。直到全小乙消失在视线里，汤瑾诗才郁郁地上了楼。

母亲得意地对汤瑾诗说："刚刚有个人敲门，我一看就是个坏人，他还说认识你，我才不信他呢，我把他赶走了。"

汤瑾诗放下东西，走到窗口向下望，就看到了那个"坏人"正蹲在小区门前的路沿上。

汤瑾诗一声不响地进厨房做饭，菜刀加倍地剁出抑扬有致的节奏。母亲兴冲冲地跑到厨房里来，手里拿着本东西，指着上面对汤瑾诗说："这个明星我认识，是我们家的邻居，你那时候太小，恐怕已经不记得了。"这本东西是仝小乙以前留下的，全是些关于他的剪报，被他收集在一起，很隆重地装订成册。汤瑾诗顺着母亲的指头看，那上面的仝小乙的确很陌生，似乎是个虚拟出来的舞台角色。

吃过饭汤瑾诗陪母亲一起看电视。电视早已经被汤瑾诗动了手脚，遥控器藏起来了，频道只固定在几个中央台上。

母亲对此很惊讶："你的电视太落后了，连湖南卫视都看不到，为什么宁可买辆车也不买台好一些的电视呢？车再好，也是摆在外面让别人看，电视可是摆在家里让自己看的啊。你这就是虚荣。"

汤瑾诗很烦躁，顶撞道："这根本就是两回事，你东拉西扯的干什么呀？想训我，你找找合适的理由！"

母亲不说话了。过了一阵，汤瑾诗开始为自己的态度后悔，一回头，却看到母亲坐在沙发里打起了盹。汤瑾诗的眼泪一下子就滚了出来，泪眼婆娑地望着母亲发呆。汤瑾诗和母亲长得还是很像的，此刻，汤瑾诗仿佛看到了自己年老时候的样子，臃肿，垮塌，不可收拾地堆在沙发里假寐，嘴角挂着亮晶晶的涎水。汤瑾诗灰心丧气地想，母亲这样思想很好的人，最终都难逃一派狼藉的局面，那么，自己这种有着"坏思想"的人，还能够有什么指望？绝望啊，汤瑾诗想，真是绝望！

就不要再温习科学定律了，现在的汤瑾诗已经领会到科学的精神了，两个字：绝望。

当天的节目汤瑾诗没有看。但节目造成的后果立刻波及汤瑾诗。当晚就有几个平时不近不远的朋友打来电话，谁也不提节目的事，虚与委蛇，哼哼哈哈的，最后无一例外地让汤瑾诗"保重"自己。这种关怀当然是荒谬的，既然科学定律摆在那里，"保重"之说就是反动的，有螳臂当车之嫌。让汤瑾诗略感意外的是，前夫居然也来电话了。前夫毕竟是前夫，开口就说："我在电视里看到你了，你要坚强些。"汤瑾诗有些感动，不禁想起这个男人的诸般好处。既然"更糟"是个趋势，那么回望反而是好的，这似乎是个可以被推导出来的结论。

第二天，汤瑾诗去地下车库开车，那个保安直直地盯着她看，然后突然醒悟过来似的，换上一张兴高采烈的表情。汤瑾诗目不斜视地把车从他眼前开过去，那车速，就是一种凛然的车速。汤瑾诗知道，从现在起，自己就必须习惯这种兴高采烈的表情了，全世界都将换上一副兴高采烈的表情，而她，将凛然地"正面较量"之。

汤瑾诗到康至办公室时，周瑶石已经到了。康至把窗帘拉上，开始播放昨晚的节目录像。汤瑾诗很平静，因为这里的气氛太像一场会议了。节目没有太多超出预告片的内容，更多的是艾小娥的哭诉，那个身兼主持人的女制片人很会"因势利导"，虽然没有明确的结论，但所有问题的设计都带着鲜明的倾向性。节目在最后给观众留下一个问题：

"骰子王"为什么移情别恋？是看上女干部的财富了吗？显然，这个答案不能令人信服——"骰子王"身怀绝技，并不缺乏兑现成财富的条件。也许，更深处的原因，只有当事人才能明白；也许，在这个情感大范围贬值的时代，连他们自己都说不清楚是如何踏上了这条崎岖的情路……

汤瑾诗觉得节目总结得蛮好，"如何踏上了这条崎岖的情路"，自己的确是说不清楚。

在这一刻，一个重要的事实发生了，那就是，节目触动了汤瑾诗——"骰子王"为什么移情别恋？汤瑾诗想到仝小乙种种魂不守舍的样子，的确是有些"爱"的嫌疑。然而"爱"这个字一旦闪现，就让汤瑾诗有种隐隐作痛的迷惑。要知道，这之前汤瑾诗压根没有把"爱"和仝小乙联系起来想过。在汤瑾诗眼里，"爱"这根线太粗了，简直就是绳索，根本穿不过仝小乙这个小小的针眼。

康至总结道："现在，我们可以开始诉讼程序了。我将委托专业机构对本次节目的收视率进行调查，我们希望它越高越好，那样，我们的诉讼请求反而会更有力。"

周瑶石微微点头："对，这符合辩证法。"

然后他们一起看着汤瑾诗，真的像是会议一样，需要每个人都表表态。而汤瑾诗，也真的像是在会议上走神的人一样，抱歉地向大家笑了笑。

周瑶石体贴地说："小汤的压力是太大了，不过还是要调整好自己的情绪——我看，这件事告一段落后，你们就抓紧把婚事办了。"

照例，接下来要一起吃顿饭。

汤瑾诗觉得自己有些头重脚轻，像在单位请假一样地对周瑶石说："周局，我母亲在我那儿，我要回去给她做饭，先走一步好吗？"

汤瑾诗出来的时候有种重见天日的感觉。她并没有回家，而是驱车驶向了郊外。开出城三十多公里，有一片很大的水塘，汤瑾诗以前来过，记得这里很安静，运气好的时候，还能看到些水鸟。

今天的运气显然不太好，汤瑾诗到了的时候，不但没有看到水鸟的影子，天空也突然阴沉下来。

汤瑾诗拉下拴手，把座椅放倒，躺在车里。

过了一会儿，太阳从云里钻出来，将一条明亮的光柱直直地射进车窗，正好戳在汤瑾诗的脸上。汤瑾诗闭着眼睛，眼皮上跳动着细碎的光斑，像被人调皮地逗弄着。

这时候汤瑾诗想起了童年的一些往事：哪一次和仝小乙捡了只野猫啦，哪一次和仝小乙结伴去公园，结果双双失足落水啦，诸如此类。这些事本来在汤瑾诗的记忆里并不如何深刻，不是仝小乙重三复四地说，汤瑾诗基本上是记不起的。但是现在，汤瑾诗自己想起来了，而且比仝小乙讲得更详细。譬如，那只野猫一直养在汤瑾诗家，后来它却再次出走了，而且是一去不复返；那次落水的后果是，他们两个人不得不把裤子脱下来，迎风招展，力图快些晾干……

汤瑾诗躺在车里回忆这些事，体会出了仝小乙热衷于回忆的妙处。原来，回忆比展望要可靠得多，如同沐浴在一首诗里，被赞美和奖赏，能够让人和煦，给人一种自洽的安宁。

汤瑾诗在回忆中迷迷糊糊地睡着了。后来手机铃声吵醒了汤瑾诗。是康至打来的，说他刚从汤瑾诗家出来，问汤瑾诗在哪儿。汤瑾诗随口说明了自己的位置，然后继续闭上眼睛睡觉。

我们的汤瑾诗疲惫了。此刻，她不想动任何脑子，好像灵魂出窍了一样。

等汤瑾诗再睁开眼睛时，就看到了康至。康至坐在汤瑾诗车里，自己的车停在旁边。猛然间车里多出个人，汤瑾诗当然被吓了一跳，等看清楚是康至时，就有些犹在梦中的感觉。然而梦到康至，是一件多么奇怪的事啊！

汤瑾诗没头没脑地笑起来，用一种梦的语调问康至："你怎么来了？"

康至不回答她，眼睛望着车外的水塘说："嗯，是块好地方。"

汤瑾诗就不再问下去了，恍惚地望向水面，有些虚无。

一刻后，康至开口说："你告诉我，你和那个全小乙是清白的吗？"

汤瑾诗依然望着窗外。这个问题让汤瑾诗很激动，心里像被烫了一下，霎时充满了千回百转的忧愁。汤瑾诗暗暗地想，终于有人对这个问题表现出兴趣了，就是说，自己的清白与否，并不是无足轻重和可以被忽略不计的了。

汤瑾诗说："不。"

说出这声"不"的时候，汤瑾诗的眼泪再也忍不住了。

"为什么？怎么会和这种人搞在一起？"

"和他在一起，我觉得，嗯——"汤瑾诗像是在呓语，她竭力在寻找一个恰当的形容，而找出的这个理由，又仿佛脱口而出，她说，"自己是在被赞美。"

康至的头转过来，看着汤瑾诗："嗯，谢谢你对我说出实话。这很重要。"

"很重要?"汤瑾诗觉得自己的心在抖了。终于,自己的清白成了"很重要"的事!汤瑾诗多么希望这个男人严厉地把她拷问下去,哪怕,一直把她拷问到需要忏悔,那么她就要像个叛徒似的变节,哭喊着请求被原谅,甚至,她会毫无保留地连周瑶石也和盘供认出来,然后,发誓忠贞不渝,洗心革面,把生活树立成光明磊落的样子。

"是的,很重要。如果对方在法庭上拿出不利于你的证据,我们会很被动。在我看来,最有可能对你形成不利的因素,就是这个全小乙。他是个潜在的危险。所以,我想知道你们究竟是什么关系。"

汤瑾诗做一个叛徒的渴望被粉碎了,桥塌路断,说是心如死灰都不为过。原来,康至所说的"重要",依然是他的职业标准。

"那么,现在我危险吗?"汤瑾诗揶揄地问。

"这取决于全小乙,如果他站在你的立场上,那么,你就是安全的——你想一想,有没有什么证据在对方手里,比如,信件,短信?"

汤瑾诗认真想了想,结果是:没有。汤瑾诗有些遗憾,有些失落。自己和全小乙这算是什么?连个"证据"都没留下来，即使有那些身体的"孟浪"，有那些"被赞美"的况味，也都是没有"证据"的，是无效的。汤瑾诗别出心裁地想，自己手里倒是有康至的"证据"，前段日子堕胎的各种单据全部被她很好地保存着呢。

康至等不到她的答案，就做出了相反的判断："你最好设法接触一下全小乙。劝他不要节外生枝。你告诉他，事情弄到今天这一步，只能用法律手段来调整了，让法律把他妻子制造出的混乱平息掉，这样，对你们两个人都是保护，你们都需要法律用判决书来给你们平反。这就是法律的意义，虽然它很难在事先建设什么，但它可以在事后进行修复。至于对于他妻子的追究，我们会控制在一定范围内的，只要法庭做出判决，私下里，我们可以不要求她执行。"

汤瑾诗觉得自己坐在课堂上。康至呢，是在讲一堂生动的课。去芜存菁，要点是以下关键词：节外生枝，调整，平息，保护，平反，建设，修复，控制，判决，私下里。后来康至俯下身子吻她的时候，身体弥漫出肃杀之气的汤瑾诗看到，有一只水鸟像预示着好运气般地落在了平静的水面上。

康至的身体压过来，从汤瑾诗的角度看，这只好运鸟似乎就站在康至的肩膀上。

五

现在，汤瑾诗有了充分的理由去和仝小乙见一面。

表面上，汤瑾诗是按照康至的意思，去劝劝仝小乙"不要节外生枝"，实际上呢，汤瑾诗也有见一见仝小乙的愿望。这个愿望是在她望着康至肩膀上那只幸运鸟时萌生出来的。

汤瑾诗有一个问题要在仝小乙那里得到说明，那就是："骰子王"为什么移情别恋？在这个情感大范围贬值的时代……如何踏上了这条崎岖的情路？这是《情感踪迹》提出的问题，也是汤瑾诗的问题。

汤瑾诗打电话给仝小乙，仝小乙在电话里像濒临绝境的困兽一样发出呻吟："你再不见我就可能永远见不到我了，哎呀，我快死掉了……"

汤瑾诗和仝小乙如约来到了"浮水印"。服务生认出了他们，兴高采烈地为他们服务。

两人坐在窗边的位置上，秋天的阳光大面积地照在他们身上。阳光太好了，好到把空间都放大了的地步。阳光里的一切都明晃晃的，显得无比空旷，更映照出人的卑微。

仝小乙形容枯槁，一双手放在桌面上绞来绞去，十根铁丝一般的手指眼看就要缠绕得不可开交了。

汤瑾诗心里有些柔软的怜悯，她说："你不该动手打艾小娥。"

仝小乙一脸的苦不堪言："我没有打她呀，哎呀，她自己用头去撞墙，嗵嗵嗵，我挡都挡不住，我把她拖到床上，她一翻身，就去撞床板……"

汤瑾诗的心缩住，艾小娥那张笑盈盈的脸飘向她。

汤瑾诗说："你把事情弄糟了。"

仝小乙把头埋进怀里说："我想好了，还是要和艾小娥离婚，我是对不起她的，我爱上你了，就不该再和她做夫妻了，那样的话，我就是不讲道理的人了……即使我们还在一起，也会一辈子都踏实不下，我会一辈子都不敢正眼看她的，我都不敢想，还喝她的鸡汤……"

汤瑾诗惆怅地看着他："你爱我什么呢？"

仝小乙说："不知道哇……我也说不清楚，我就是很想你，以前我很喜欢和艾小娥睡觉，可是后来，我和艾小娥睡觉的时候想的就是你……我把艾小娥的身子想成你的，可是一摸，又发现不是，哎呀，不一样哇……"

泪水涌上了汤瑾诗的眼睛。她再一次感到了被赞美的滋味，但这个回答太不能令汤瑾诗满意了，什么"身子"呀"睡觉"呀，还是个"孟浪"的架势，完全没有达到汤瑾诗内心的指标，和她隐秘的渴望背道而驰。爱情依然还是条绳索，仝小乙的针眼依然还是太小。此刻的汤瑾诗，形势有些模糊，位置，也有些错乱，她一反常态地有着一种"穿针引线"式的细腻，像凝视一枚针眼般地全神贯注——居然在甄别爱情了。

汤瑾诗把脸转向窗外，张大眼睛，仿佛是在晾晒里面的泪水。

仝小乙鼓足勇气问："你爱我不爱呀？"

汤瑾诗转过头，正视着他，认真地回答："不爱。"

仝小乙似乎并不意外，头重新埋下去。

汤瑾诗说："我向法院起诉艾小娥了。"

仝小乙吃惊地抬起头，迷惘地看着她。

此刻汤瑾诗心里是种恶毒的凶狠，有种要践踏什么的放肆和嚣张。这种穷凶极恶是没有来由的，起码，不完全是针对着仝小乙的。汤瑾诗是对着包括自己在内的虚无发泄："我的生活被你们全搞乱了！只有这样，用法律的手段才能修复！我还要工作，我还要生活，不能顶着这个罪名！"

"可是，你告艾小娥什么呀？艾小娥并没有冤枉你呀？我们两个人铜铜铁铁的事……"仝小乙匪夷所思地说。

这下，汤瑾诗的恶毒和凶狠就是有针对性的了，她的脸都青了，觉得这个仝小乙简直愚蠢到了混账的地步："她没有冤枉我吗？她有什么证据？什么铜铜铁铁的事！——难道，你会去法庭上为你老婆说话吗？"

仝小乙仓皇地摇头："不会不会，我不会的。"

汤瑾诗不说话了，调整着自己的呼吸。

仝小乙突然悲伤地哀求："你能不能不去告艾小娥呀？这有些欺负人呀，我们明明对不起她了，你还要去告她，艾小娥要是输了官司，她会去死啊！"

汤瑾诗以一副"正面较量"的凝重摇摇头。

仝小乙的肩膀塌下去，微微地在抖索。这个"骰子王"不能够理解汤瑾诗的世界，在别人眼里，他的绝技堪称神秘，但他知道，那里面是有道理的，他的手每一下微妙地摇晃，都是在体现这种道理的精神，都是实事求是，都是铜铜铁铁的，所以，拉斯维加斯的骰子们才能规规矩矩地排列起来。因此，世界应该是讲道理的，是能够也应该去赞美的。可是现在，汤瑾诗不讲道理。

全小乙绝望地说："我有两个问题：你不爱我，为什么要和我睡觉？我们睡觉了，你为什么还敢告艾小娥？"

汤瑾诗定定地看着他，是一种放肆完了、嚣张过了的曲终人散之感。

全小乙说："这两个问题我搞不明白，死都不会甘心的。"

汤瑾诗懒洋洋地说："那你去死死看好了。"

全小乙摇摇晃晃地站起来。他的右手一直攥成个拳头拄在桌面上。全小乙深情地看着汤瑾诗。汤瑾诗觉得这种深情很讨厌，转过头不去看他。全小乙在汤瑾诗眼睛的余光中离开了。汤瑾诗的眼睛一直看着窗外。窗外是一个宽阔的丁字路口，汤瑾诗看到全小乙从人行道上走下来，攥着拳头，若有所失地停在路边，有些拔剑四顾的模样。信号灯恰好在这时候变了，全小乙面前的车开始启动。本来，全小乙应该向后退，重新回到人行道上，但是他却突然向前跑起来。刹那间，他被一辆小车弹了回来。随着全小乙腾空的一刻，一块光斑从他手中抛出，划着弧线落在了窗边。汤瑾诗只是茫然地看着这一幕。

"出事啦出事啦，撞人啦！"几个服务生叫着往外跑。

汤瑾诗像被钉在沙发里一样，纹丝不动地张大着眼睛。由于车辆是刚刚启动，全小乙应该被撞得不厉害，他还能从地上爬起来就是证明——他一爬起来就到处乱找，好像丢了比命更要紧的东西。围观者涌来，很快就把全小乙包围在里面了。

汤瑾诗的目光聚焦在自己眼前。她看清楚了，全小乙手中抛出的那块光斑，原来是那枚碎瓷。它就落在汤瑾诗的眼皮下，隔着玻璃，在阳光下七彩流转，熠熠生辉。汤瑾诗盯着它，漠然地想起，小时候自己和全小乙把那些瓷片拣出来时，其实是基于这样一种怀有某种赞美之情的朦胧的寄托：说不定有一天我们也会被一双大手从严酷的败坏中安然无恙地挑拣出来。

「我们的底牌」

一

　　曲兆福和曲兆禄一同来找我，这可是让我意想不到。他们一胖一瘦，仿佛哼哈二将，横在店门前，恰好塞满了门框。我的小店立刻变黑了，犹如一团乌云，遮住了本来明媚的阳光。尤其当我看到他们的眼睛里都飘着一缕似有似无的白翳，心头更是一惊。他们这是要干吗？

　　我确实被他们的到来吓住了。我们虽然是一奶同胞，但可耻的生活早已泯灭了我们之间的亲情。他们倒是经常光顾我的小店，但都是独来独往，今天来个胖的曲兆福，明天来个瘦的曲兆禄，伸出胖的或瘦的巴掌：给钱！没钱？那完蛋了，他们会抢我的货物，一块移动硬盘，一只MP3，最不济，也要搞走我几个键盘。

瘦的曲兆禄真狠，有一次抢了我的移动硬盘，公然就在我的小店前转卖起来，卖多少钱？二百！这是他伸手向我要的那个数目。我哪能眼睁睁看他把一块簇新的移动硬盘就这么给贱卖了，只能上前和他讨价还价：二百？还能便宜不？不便宜了？那成，卖我吧！这样看起来，好像是我在我自己的小店前捡了个便宜。胖的曲兆福稍微温和一些，他是抢了就走，从不继续为难我。但是他的力量惊人，有一次冲进柜台，撞倒了我的店员小鸽，令小鸽的盆骨骨折。为此，我不但负担了小鸽的医疗费，而且从此也负担起了小鸽，小鸽成了老板，我成了店员。

不是我懦弱，更不是我对他们抱有温情，是我实在不愿招惹他们。我也企图抗争过：再闹！再闹喊警察了！而那时小鸽也已经举起了手机， 110，多便捷的号码，我想抢下来都来不及。警察随叫随到，谁？谁抢劫？可我却直摆手，对不起，对不起，误会了。怎么误会了？显然，我们是亲兄弟，这是家务事，我的店员，喏，就是这个小鸽，误会了。我为什么敢于糊弄人民警察？是因为我看到了我两个哥哥眼里萌生出似有似无的白翳。这有什么了不起？又不是萌生出杀机。可我宁愿他们萌生出的是杀机，也不敢正视他们眼里那缕似有似无的白翳。当那缕似有似无的白翳飘上他们的眼珠，就预示着他们即将打出一手致命的底牌，预示着他们即将倒下，嘴眼歪斜，口吐白沫，姿态一直低下去，低低低低，一直低到尘埃里，去吃土！我惧怕这张底牌被他们亮出来，这张底牌不是大猫二猫，不是红桃 A 或者梅花 K，它是我难以启齿的家族史，如果暴露在光天化日之下，暴露在小鸽面前，我好不容易建立起来的新生活，新生活里的新秩序，必定土崩瓦解，而我，也将必定万劫不复，重新回到我的家族的序列中去，用一双飘着白翳的眼珠去打量生活。

小鸽对此不能理解，经过无数次卑鄙地诱导，我才将她的思路引向了片面的歧路。我让她将我的妥协归根结底在"善良"上。你太善良了！这句话就成了小鸽的口头禅。她爱我的时候，指头一戳，说；她恨我的时候，指头一戳，说；我们恩爱的时候，她充满深情地说；我们打架的时候，她无限轻蔑地说。

而此刻，曲兆福和曲兆禄眼里飘着白翳，高扬着底牌，共同驾着乌云而来，我不知道我的"善良"还有没有余地了。我情不自禁地想往柜台下面缩。柜台下面是小鸽的两条美腿，那裙下的旖旎，更加滋长了我埋头钻进去的渴望。但小鸽的腿适时并拢，像一扇门，黯然关闭。我听到啪哒啪哒的拖鞋响。透过几台数码相机，再透过柜台的玻璃，我看到他们来到了我的眼前。一瞬间，我有了绝望之感，并且无比空虚。

你起来！他们喊。我听出来了，这是曲兆福的声音。

我当然不想起来。我甚至决定不惜代价，迅速打发掉他们。我的手都伸进柜台里了，抓住了两台数码相机。小鸽立刻捕捉到了我的企图，她真敏锐啊！我听见，她似乎惊叫了一声，然后紧紧抓住了我的手腕，控制着我的企图。我企图什么呢？用这两台数码相机做板砖，劈头盖脸地痛击敌人？当然不是这样的！同样是损失两台数码相机，我当然选择把它们奉献出去。你太善良了！我似乎能听到小鸽肚子里幽暗的叹息。我们的手伸在柜台里，艰苦地较量着：给！不给！还是给了吧！——你、太、善、良、了！

这是沉默的一刻，也是死亡和爆发概率各半的一刻。

曲兆禄不耐烦了，一拍柜台说，搞什么搞！我们找你说正事。

正事？他们哪次来搞过正事？他们的正事就是要，就是抢！我感到我恨他们。我的手在下面做着努力，目光冰冷地凝视着他们。突然，我觉得有一团东西飘进了自己的眼眶，我的眼前仿佛蒙上了一块毛玻璃……

曲兆福瓮声瓮气地说，你不要慌，我们不要你的钱，我们是来和你商量曲兆禧的事。

曲兆禧？是谁？哦，她是我们的妹妹。我的手立刻松懈了，眼前的白雾也旋即消散。他们要和我商量曲兆禧的什么事呢？我都几乎要忘记自己的这个妹妹了。

二

我和曲兆禧最后一次见面是三个月前。我们家的老房子要拆迁，她打电话给我，让我回去一趟。说实话，对于自己的那个家，我是没什么感情的，我的父母还健在的时候，我就已经尽量避免回去了。我惧怕那些邻居的目光，他们对我们家知根知底，而我们家的根底是一笔巨大的烂账，连曲兆福和曲兆禄都避免去翻，更何况如今已经焕然一新的我。

　　好在我的家已不复当年，这里曾经是一所小学的校园，如今校园早已搬迁，左邻右舍也七零八落，我家的破屋现在夹在高耸的楼宇之间，十足一副苟延残喘的模样。我暗自松了口气，趾高气扬地出现在曲兆禧面前。

　　但是曲兆禧的模样却令我倒吸了一口冷气。我觉得，我并不是出现在了我妹妹的面前，我是出现在了我母亲的面前。这当然不可能，我母亲已死去多年。但是面前的曲兆禧宛如母亲在世。她的脸盘有一个篮球那么大，但身子却瘦成了一根竹竿，更为关键的是，她胸前那对曾经惹是生非的乳房也不翼而飞了。那曾经是一对多么激烈的乳房啊，挂在胸前，不昂首挺胸都不行！可是，如今它们去了哪里？我不禁一阵心酸，这让我意识到，毕竟，眼前这个比例失调了的女人，是我的妹妹。我迅速猜测出在曲兆禧的身上发生了什么，乳腺癌，除了乳腺癌，还会是什么呢？乳房又不是气球，一根针就能报废掉，只有乳腺癌，才能彻底根除掉它们。这个知识我很早就掌握了，因为，我母亲就是一名乳腺癌患者。当年，乳腺癌光临了我的母亲，她只能割掉它们，据说是贴着肋骨刮，直到寸草不生，空空如也。然后，我母亲的脸盘就有一个篮球那么大了，身子却瘦成了一根竹竿，好像提前预演了曲兆禧的今天。遗传，这是遗传的力量！我首先想到了这一点，然后诸如血缘、宿命这样的观念充斥了我的脑袋。我不免悲观，本来不错的状态也消极起来。

我不敢想我的家族都发生了什么。生活宛如利刃，毫不留情地割裂着我们的亲情；生活又宛如皮筋，用乳腺癌这样的东西柔韧地将我们联系在一起。对于曲兆禧，我同情起来，并且有些惭愧。她是我的妹妹，而我已经快要忘记她了，如果不是她打电话，我根本想不起她。我从肠子里决定和我的家告别，除了曲兆福和曲兆禄这两个家伙时不时地来骚扰我，这个家也的确和我没什么关系了。我完全投身在看上去蒸蒸日上的生活，已经开始和小鸽商量着要买一台车了。我对小鸽几乎百依百顺，与此同时，我的妹妹却迎接了乳腺癌，而我却置若罔闻，仿佛毫不相干，这样就形成了比较和落差。我也不知道为什么，面对失去了乳房的曲兆禧，我突然有了检讨的愿望。

在这种愿望的驱使下，我几乎不假思索地答应了曲兆禧的要求。

我家的房子要拆迁了，这预示着巨大的利益。曲兆禧神情凄怨地请求我，放弃属于自己的那部分。在我看来，她的理由太充分了，她失去了一对傲然的乳房，还有比这更理直气壮的吗？何况，她还离了婚（没有了乳房的女人，天经地义地就没有了婚姻，这也没什么好说的），带着个上初中的儿子，不照顾她，简直说不过去。我心头一热，立刻表态说，没问题，哥答应你，都给你！旋即，我耳边就回响起了小鸽的叹息：你太善良了……与其说被自己感动了，毋宁说我立刻就产生了一丝悔意。我家的房子可是不小。当年疏于管理，家家都是由着自己的需求扩建住宅的。我那在小学教语文的父亲，虽然弱不禁风，但也是发了狠，努力营造了一个大宅子，连厨房带杂物间，居然弄出上百平米。想一想，如今这样的规模，又身处闹市，该值多少钱？尽管我如今已焕然一新，但并没有富裕到张狂的地步，我自己现在就没房子，之所以想先买台车，也是因为房子实在太贵。

　　可是话已出口，想收回来就不容易了。我试探着问曲兆禧，这事你和他们商量过没有？我指的是曲兆福和曲兆禄。这个时候，我搬出这两个瘟神，就仿佛打出了一张凶狠的牌，这的确是有些阴暗。

曲兆禧摇着篮球一样的头，愤然说，关他们什么事！爸妈活着的时候，就把他们赶出去了！何况，这么多年，是我守在这个破家的，你以为守在这儿舒服吗？哪样不要我操心，房顶漏了！闹白蚁了！电线老化了！地基塌陷了！邻居图谋侵占了，要吵架，要闹！我的病就是这样折腾出来的！

我觉得曲兆禧说得天塌地陷，基本上是说给我听的，既然这样，似乎我也不该染指这里面的利益。她还使出了撒手锏——她的病，她以一对乳房为代价，获得了毋庸置疑的权利。

她这么说，让我有些不能接受了。在我看来，如果物尽其用，她的乳房只能唤起怜悯，不应当作为筹码，当一副牌那样地摔在我面前。她的乳房只有处在弱势的时候，才能博得亲情。

我这么想是有历史依据的。想当年，曲家有女初长成，曲兆禧含苞欲放，一对好乳惹得四方恶霸垂涎三尺，终于激起了一场事件。那时候曲兆禧只有十五岁，凹凸毕现的身材助长了她的春心，她不思学业，有空就混迹于一些是非之地。离我们家不远，是省体工队的驻地，那里开风气之先，开起了全省第一家营利性的旱冰场。曲兆禧昂首挺胸地来到旱冰场，迅速掌握了滑翔的技巧，像一只饱满的燕子，穿梭往复，时而正着滑，时而倒着滑，时而两条腿交叉成一把剪刀，频繁叠加，同时把胸脯挺得更高。这样的情景连我看到都心跳加速，会惹出多少麻烦，大家可想而知。旱冰场是什么地方？体工队里是什么人？麻烦说来就来，很快，几个练摔跤的浑蛋就盯上了曲兆禧。曲兆禧实在是太夺目，她那对乳房波浪翻涌，不被人盯上简直就是荒谬的。那几个浑蛋毫不掩饰自己的方向，他们说，就是冲着曲兆禧的乳房来的！曲兆禧被吓得不轻，虽然她春心萌动，但面对几个一身横肉的体工队员，她还是惊慌失措了。从此再也不溜冰了，可不溜也不行，人家追到门上来了，在上学的路上堵她。这里面最倒霉的是我，因为我和曲兆禧同年同月同日生，从小上学就分在一个班里，有时候还坐同桌。我们结伴出入无可避免，于是，我的倒霉也无可避免。

我们双双被几条大汉堵在路中间。对于曲兆禧，他们还算客气，言辞轻浮，甚至言辞恳切；对于我，就是下了狠手的侮辱。他们轻而易举就能把我的头夹在胳膊里，一直把我憋得眼冒金星。或者，他们就把我挤在墙根，像床垫一样地背靠着我。他们这么做，是一种要挟，他们以我的痛苦来谋取曲兆禧的妥协，这样，我就是他们手里的一副牌了。他们幻想着用我这副牌打得曲兆禧落花流水，缴械投降。但曲兆禧不妥协，她居然因此厌恶我，仿佛她的不幸是因为我造成的。被人像一副牌似的攥在手心，我该多委屈？我知道我是在替曲兆禧受罪，是在替她的那对乳房受罪。他们渴望夹住的并不是我的头，是曲兆禧的乳房！他们渴望靠住的，也并不是我门板一样的身体，是曲兆禧的乳房！

我一度憎恨曲兆禧，憎恨她惹是生非的乳房。但是，有一天，当她的乳房被一个浑蛋正面袭击了之后，我的立场迅速转变了。

那天，几个浑蛋终于厌倦了拿我来过瘾，公然将曲兆禧围在当中，其中一个，于撕扯之间，骇然抓在了那对梦寐以求的乳房上。我听到了一声悲哀的呻吟。我觉得那不是曲兆禧发出来的，是她的那对乳房，是它们，像无助的婴儿一般，被侵害后，发出了令人心碎的啼哭。我的血一下子烫了，滚烫的血将我变成了一张红彤彤的锋利的红桃 A，勒令我义无反顾地冲上前去。结果可想而知，我被打惨了。他们像训练一样，把我做了沙袋，前摔！后摔！抡起来摔！直到他们练累了，才扬长而去。

事情闹大了。我只剩下了半条命。我父亲找到体工队，接待他的那个教练更浑蛋。我父亲说，我女儿还是个孩子。那教练一挥手说，我见过你女儿，哪儿是个孩子，孩子有那么大的胸吗？就这样，曲兆禧的胸反而成了人家手里的牌。看来是说不清了，面对一群体工队员，我父亲就好像是秀才遇到了兵。那就没办法了吗？讲理的地方总归会有吧？是我父亲不善于讲理吗？不是这样的，相反，我父亲是一个非常善于讲理的人。但是由于他自身的原因，一些讲理的地方他不太敢去了，这个我以后会说明。总之，我父亲做过一些事情，从此令他面对不公时，总有些忍辱负重。

我们家愁云密布。也许，曲兆禧的乳房就是在那个时候造下了孽，于是，终究难逃被根除的恶报。但那对乳房何其无辜啊！难道，它不是美好的吗？难道，它不应当被眷顾？那段时间，我有着古怪的好恶。我厌恶曲兆禧，却怜悯她的乳房。我将这两者割裂开，提前摘除了曲兆禧的乳房。

我想，曲兆福和曲兆禄应该也是怀着和我一样的好恶才挺身而出的。他们从来不喜欢曲兆禧，曲兆禧在我们这个家掠夺了太多的资源，几乎是锦衣玉食，不如此，她也不会发育得如此完好。平日里，曲兆福和曲兆禄这两个瘟神巴不得曲兆禧倒霉，但是，这一刻，曲兆禧的乳房唤醒了他们的良知，他们决心捍卫那对乳房。

较量约在了肇事之地——旱冰场。

曲兆福和曲兆禄当然不是人家的对手。他们沦为和我一样的命运，从人变成了沙袋。那通摔啊！摔得旁观的我都痛起来，身上像着了火，又像是罩了冰。我的心都被摔得缩紧了。我疼痛地看着曲兆福和曲兆禄最后一次挣扎着爬起来。我看到他们对视了一下，有一道白雾，像电流一样，在他们的四只眼睛中交流，噼噼啪啪，打出火花。然后，他们双双扭摆起来，那姿态，像是在翩翩起舞。当然，这很荒谬，哪有边舞蹈边翻白眼的？他们不但翻起了白眼，而且旋即訇然倒地，身体如遭电击，起伏成剧烈的波浪。这样子太吓人了，几个大脑简单的体工队员面面相觑。起初他们还在傻笑，但是他们立刻就笑不出来了。曲兆福肥胖的身躯僵直地绷住，双手痉挛地钩在脖子上，像是要把自己掐死。曲兆禄紧随其后，同样往死里掐自己，并且口吐白沫，嘴唇闪电一样令人目不暇接地来回翻阖。围观的人群惊叫起来，要出人命啦！要死人啦！体工队员魂飞魄散，这个后果太严峻了，一对乳房惹出两条人命，想一想都恐怖！他们开始分别施救，用力掰曲兆福和曲兆禄的手，企图把手从他们的脖子上分开。可是曲兆福和曲兆禄的手像磐石一样不可动摇。一些气声从他们的喉咙涌上来，发出窨井下浊流堵塞般的声音。我目睹了这样惨烈的一幕，泪水顷刻间夺眶而出。

这件事的结局是，曲兆福和曲兆禄被送进了医院，体工队领导出面慰问了他们，他们过了段神仙般的日子。从此，曲兆禧和她的乳房获得了安宁——这是谁呀？这么大胸？你可别招惹她！她俩哥有病！——喏，就是这样。

我回忆了曲兆禧和她乳房的往昔，开始后悔自己刚才的承诺。我想，如果她不用那对乳房来要挟，如果她不和我打牌，事情或许会好说一些。我敷衍她说，那你还是先跟曲兆福和曲兆禄说，他们同意了，我没二话。这么做我也是迫于无奈，她跟我打牌，我就只好回她一手牌，我们这对兄妹就只能这样，你一手我一手地打来打去。

曲兆禧瞪着我。我看得出，我令她非常失望。在她的观念里，我和她应当是同一战壕的，我们孪生嘛！而曲兆福和曲兆禄应当是我们共同的对手，他们俩孪生！要说打牌，也应当是我们俩打对家。但是，现在我这个对家背叛了她，像那对乳房一样，成了她的异己分子。

我从我家的房子逃出来。那一番重温令我很是煎熬，我要立刻摆脱这一切，去过我的新生活。我很快就把这件事忘了。

三

我忘记了这件事。所以面对曲兆福和曲兆禄，我就不解地问，曲兆禧怎么了？

曲兆禄说，我们家要拆迁了，你知道不？

我想了一下，想起了这件事。但是我摇了摇头，表示我并不知道。我这么做，完全是出于对曲兆禄的厌恶。相对于曲兆福，我更加反感曲兆禄。我的这位二哥像他的长相一样令人不愉快，除了眉眼相似外，他长得根本不像自己的孪生兄弟曲兆福。曲兆福肥头大耳，颇有些令人忍俊不禁的憨态，曲兆禄却面目枯瘦，像蛇一样的阴沉。这当然和后天的喂养有关，曲兆福受到我父母的优待多些，但我毋宁相信是先天使然。

曲兆禄嗞嗞地说，那我现在告诉你，我们家要拆迁了，曲兆禧要独霸房产！他总是这样说话，发出蛇一样的声音，令人不快。

我说，怎么会，她怎么独霸法？你们俩这么厉害。

曲兆禄说，你不知道，她狠着呢！我们来就是和你商量，我们要起诉她，和她打官司！

我支吾着，不想正面回应他。我看到一旁的小鸽瞪大了眼睛，滴溜溜地转着看我。这让我警惕，我不想让她掺和到这件事情里来。如果她总用"你太善良了"来干扰我，这件事情会更复杂的。

我说，打什么官司！还是坐下来谈谈好。

曲兆福发话了，我们和她谈过了，根本谈不拢，要不，我们一起再去谈谈？

我并不想去，但是身边的小鸽却敦促我，去谈谈，去谈谈，这么大的事！

我有些生小鸽的气，但仍然绕出柜台，和他们会合在了一起。我突然觉得，小鸽很讨厌，这只是我们家的事，她那么聚精会神做什么！

我们兄弟三人一同走出我的小店，一同走入明媚的阳光里。这种感觉很奇怪，我厌恶我的两位哥哥，但是同他们并肩而行的这一刻，却有些百感交集的滋味。想一想，我们这样齐头并进，已经是多年以前的情景了，恍若隔世啊！

我内心刚刚滋生出的一些温情，旋即便被曲兆禄抹杀了。我让他们先行一步，我自己骑摩托车随后就到。曲兆禄却不干了，他要求我用摩托车带上他们。这简直是胡扯，即使他瘦若竹竿，但加上曲兆福，也完全超过了我摩托车的承载量，何况，交警也不会允许。

我说，交警抓到怎么办？要罚款的！

曲兆禄开始和我讲条件，他说，那你给我们钱，我们打车去。

我实在是烦透了，正准备摸钱给他，却看到一个民工模样的人，左手一只涂料桶，右手一把大排刷，来到了我的小店前。这个人站在我们身边，对我们视若无睹，他端详了一下我的店面，然后跨步上前，朝着墙壁上刷了个又黑又大的"拆"字！他的动作实在太快了，看来是做惯了这个差事，我根本来不及阻拦他，他就已经在那个"拆"字上又添了一个大黑圈。

我冲上去推他，喝问，做什么？你做什么？！

他右手的排刷一扬说，我做什么你看不到吗？

我说，谁让你干的？啊？谁？

他说，我们头。

我说，谁是你们头？

他看了我一眼，刚要回答，却欲言又止，说，我为什么要告诉你？

我看出来了，这个民工因为手里的家伙平添了某种骄傲感，他觉得他是在工作，所以对我这个看起来还算衣冠楚楚的城里人有了一种欢乐的鄙视。

我对他大喝一声，我是这个店的老板！

他好像很惊讶地看着我，说，噢噢噢，是老板。说完他就扬长而去了，好在还给我撂下了一句：老板你去问街道办事处吧。

我的头大了一圈，感觉有些不妙。我还有些惊恐，这种惊恐虽然不是很尖锐，但像鸟喙一样凌乱地啄着我，令我忐忑不安。我的这个小店是我新生活的全部依赖，我付出了多少努力，才经营起它，它像一道玻璃，

隔在两种完全不同的生活之间，我好不容易可以透过它
去展望生活了，如今却被这个家伙涂上了一个黑大笨粗
的"拆"字，阻挡住我憧憬的视野。怎么会这样？街道
办事处，我们不是签有合同吗？我租了整整十年啊！现
在才几年？两年！曲兆禧那儿显然是不能去了，我要去
街道办事处理论。

　　曲兆禄却拽着我不放，他说，你不去可以，把车钱
给我们。

　　我火了，吼一声，你们进去抢吧！都抢走！然后我
头也不回地走了。

　　我在街道办事处找到了那个王主任。她是一个中年
妇女，很干练的样子，留着短发，穿着运动服，却不是
英姿飒爽，反而有些像个男人。我的租房合同就是和她
签的，我们很熟。王主任开诚布公地告诉我，是，是要
拆。为什么？城建规划，谁也由不得！合同？喔——合
同，王主任叩着脑门，像个男人一样思索了一下，给我
举了个例子。她问我按揭买过房子没有，我说没有，她
说她有，正在还贷款，压力大着呢！可这关我什么事？
王主任说明道，她借银行钱也是签了合同的，可是利息
却一涨再涨，合同？合同是个什么？和国家签的合同，

就要听国家的！这个例子太有说服力了，我不禁哑口无言。但是要我就这么认了，我显然做不到，尽管她亮出了"国家"这张大牌。何况她只代表街道办事处，并不是国家。我说，我的损失怎么办？她却不回答我，反问我，我反复多掏利息给银行，我的损失怎么办？我被这个男人婆弄糊涂了，一头雾水，好像来质问的不是我，倒是她。我说，王主任，大家要讲道理啊！她说，我是在跟你讲道理啊。我愤怒了，虚张声势地给她撂下句狠话，好，我们走着瞧！与其说我火气大，毋宁说我是真的慌了手脚。我太害怕失去目前的生活，重新沦落到那种踩在棉花上一般虚妄的日子里去。

我回到店里，一脸的愁云。

小鸽眼巴巴地看着我说，回来了？这么快？你家的房子当然要有你一份！

这一刻我觉得小鸽丰满的身体简直就是一根硬邦邦的木头。她是干什么吃的？我们的小店被人刷上了黑乎乎的"拆"字，她却毫不知晓，也许我们出门那会儿，她脑子抛锚了？她脑子抛什么锚，莫不是也惦记上我家的房子了？这就让我很不舒服。我觉得我们家的事，和小鸽无关，她没理由这么蠢蠢欲动。我不想让她渗透到

我的血缘中来，讨厌她的虎视眈眈。不敲打她一下，我
后患无穷。我拽起小鸽，把她拉到门外。那个黑乎乎的
"拆"字，在阳光下变得蓝油油的了。看着小鸽目瞪口
呆的样子，我居然有些幸灾乐祸。

小鸽气愤地嚷嚷，谁？谁这么恶作剧？

我冷笑一声说，什么恶作剧！是真的要拆。

我冷笑什么呢？也许看着小鸽张皇失措，我的焦虑
才能缓解一些。

弄清楚了原委后，小鸽却显得比我冷静，告他们！
她斩钉截铁地说。

是啊，告他们，我怎么没想到呢？有困难找法律，
起诉！赔偿！维护正当权益！法律这手牌就是为这种状
况准备的啊。

心情糟糕得一塌糊涂，我们都没心思做生意了，早
早关了门，回家，进一步商量对策。

目前我们住在小鸽家，说是家，不过就是间宿舍。
小鸽的父亲是一家国有企业的厂长，可是这个厂早破产
了，他父亲以权谋私，弄了间废弃的宿舍给小鸽住。这
间宿舍一定比我的岁数大，身处那种老式的筒子楼里，
常年飘散着厕所的氨气。可就是这么个宿舍，居然也成

了小鸽手里的牌，也让小鸽在我面前理直气壮乃至气势汹汹。有时候我不太认可，发生争执时她以此打击我，我也反驳，冷嘲热讽，说他妈的白给我住我也不住，你爹一辈子就贪污了这么个破宿舍。小鸽就让我滚蛋，滚蛋！我终究是没有滚蛋，因为我还是懂道理的。客观地说，这间宿舍真的很糟糕，但同样客观地说，小鸽跟着我也没落上多大的好。不错，她一没文凭，二没技术，曾经只是我的雇员，但是她年轻貌美，仅此一条，对于生活，她就拥有发言权。可是小鸽啊，年轻和貌美何其短暂，短暂到近乎虚无，以此对生活发言，不也是虚无的吗？我觉得我们都应当懂道理，这就是规则，我们和生活打牌，如果没了规则，还怎么打得下去呢？

我们坐在宿舍的沙发里，鼻腔中灌满了氨气，一切仿佛处于一场化学反应当中。今天回来得早了，阳光依然明媚，透过年久失修的破窗户照进来，居然令我们都有些没来由地尴尬。我们早早回来，本来是打算商量一下对策的，但是充斥着的氨气和阳光，把我们都搞得有些恍惚。生活面临变化，是好是坏当然还不能过早下结论，但我固执地觉得，好坏的比例一定不会是令人乐观的。我也没文凭，我也没技术，可谓一把的烂牌，而且我还是个男人，和世界打牌，已经天然少了一分。我背着个破包在科技街上打了十年工，终于攒起一家小店，生意稳定，前途似乎还不错，可是如今，我的店被刷上了黑大笨粗的"拆"字！我觉得那个"拆"字是刷在我心窝上的，针对的是我的明天，而我的生活，面临的与其说是变化，毋宁说是破产。我太悲观了吗？不，我以为我是了解生活的脆弱的。

我是觉得有些累，有些麻木。不知道小鸽的感受是什么。小鸽起来去洗黄瓜，她蹲在我的面前，那儿有两只水桶，一只是清水，一只是污水，小鸽用水瓢舀了清水，就着污水桶冲洗。我突然伤心了，这都二□多少年了，一个城市女人还这么洗黄瓜！而且，还是一个年轻貌美的城市女人……我觉得我对不起小鸽，也觉得自己真的是没什么了不起。

小鸽过来把一根水淋淋的黄瓜递给我。我拽住她的手腕，把她拉进我的怀里。不知怎么，小鸽有些反抗，我也有些凶狠。我们无声地对抗了一会儿，当我吻住她，吮吸住她的舌头时，她一下子变得顺从了。我也一下子变得顺从了。我们已经多久没有接吻了？做爱倒是还算频繁，可是接吻就少多了，我甚至有些讨厌和小鸽接吻，人真他妈的复杂！事后，我们躺在床上，被阳光很好地覆盖着。我睡意陡生，简直困倦得不行。小鸽却在我耳边说起话来，你家的房子你一定要去争取，这一次，你可不能再那么善良了。她的话一下子把我的睡意驱散了。但我继续装作迷糊了过去。我的脑子很清晰，但是我的心情很沮丧，典型的做爱后遗症。我不去思考我家的房子，也躲避着那个硕大的"拆"字，让思绪往遥远的地方奔逃。

四

当年有一首歌这么唱道：

人口是成倍成倍往上翻，往上翻，二十年来总人口是成倍往上翻……

这首歌节奏铿锵，有着进行曲般的感染力，它唱出了巨大的人口带给我们的压力，因此也显得不无忧患。

我的父亲在一所小学教语文，我们全家都住在学校里。有一段时间，每到清晨，学校的大喇叭就会响起这首嘹亮的歌，它"成倍、成倍"地飘荡在校园的天空中，提醒送孩子上学的父母们意识到无度生育带来的危害，并且强有力地暗示出大家都可意会的政策要求。每当这首歌回响起来，我们家就陷入在一种无形的尴尬与惭愧之中，仿佛在被强烈地谴责着。我的父亲，垂头丧气地喝着清晨一成不变的稀粥；我那一贯冷漠的母亲，也会因为这头顶的旋律而变得焦躁不安，甚至怒气冲天，她不断地吆喝着，像对待一群牲畜般地催促着我们上路，该出去的都抓紧出去，上路！去上学！去玩！似乎我们迅速从她眼前消失，就会改变她眼前的处境，令她摆脱掉内心的悲愤。

应当说，这首歌的确表达出了紧迫的国情，起码，对于我们家而言，它是非常贴切的。我始终认为，我的父母都是朴素之人，他们的一切言行乃至愿望，都建立在朴素的情怀之上（后来我父亲虽然沾染上了作风问题，但从一个男人的角度出发，我依然觉得他犯下的只是一个朴素的错误）。譬如，在生儿育女这件事情上，他们朴素地期望养育出一儿一女，这是一种最好的搭配，一儿一女活神仙，大家都这么说，而追求大家都这么说的东西，就是一种朴素。何况，大家说得也很有道理，一儿一女这样的比例，的确体现出了一种平衡与和谐。

然而事与愿违，就像所有朴素的东西都易于被捉弄一样，我朴素的父母被某种神秘的因素捉弄了。这种因素来源于他们自己的身体，但因为无法落实究竟是哪个身体具有决定性因素，便为他们其后的相互推诿埋下了无尽的祸根。在他们争吵得最残酷的时刻，他们相互将对方比喻成繁殖能力过剩的某种家畜，诋毁对方的身体，将生活的一切苦果都归咎于对方。

在我父母眼里，生活这个枝头结出的最大一枚苦果，就是我们四个小孩。正如歌中所唱，这枚苦果在他们愿望的基础上，成倍地往上翻了一番。很显然，他们的幸福却没有因此翻上一番，四张嗷嗷待哺的嘴，反而成功地将他们的苦恼翻了一番。造成这样的局面，老实说，我的父母是有些委屈的。他们并非纵欲无度的人，也具备应有的生育常识。但是造化弄人，他们的身体有着比常人翻一番的繁衍能力，那就是，我的母亲以两次生育，却繁殖出了四个小孩。当我的两位哥哥降临人世之时，我的父母既有些惊讶的喜悦，又有些难言的失落。他们当然会觉得遗憾，如果这一胎产下的，是两个不同性别的小孩，那么对他们而言，无疑将是一次完美的丰收，他们将一劳永逸地实现最初的愿望，只用一半的成本，就成为令人羡慕的活神仙。

我那朴素的父母，像任何朴素的人一样，多少都具有一些投机与赌博的心理，他们觉得，自己距离活神仙并不遥远，那个使家庭平衡与和谐的女儿，并非遥不可及。没有实现的幸福最鼓舞人，同时也最影响人的判断力。我的父母决定再努力一次，反正下一次生育就是计划内的事情。他们忽视了自己奇特的身体，坚定地奔向心目中的幸福。于是，我和曲兆禧接踵而至。直到此刻，我的父母才如梦方醒，我的到来终于让他们醒悟，原来计划根本没有变化永恒，我，曲兆禄，我们这两个额外的家伙，已经成倍地放大了他们的目的，令叠加了的幸福走向了它的反面。

我的母亲够苦！作为四个小孩的母亲，她的艰难可想而知，因此，她有资格率先向生活开炮。不堪重负的母亲敏锐地指出，正是因为我父亲取给我两个哥哥的名字，才导致出了接连不断的额外生殖。这个发现的确惊人，似乎有着无可辩驳的说服力。我那身为小学语文教师的父亲，在给儿女们取名时，再一次表现出了他的朴素。老大曲兆福，老二曲兆禄，于是，天经地义地，我成了曲兆寿，后面跟着个曲兆禧。是我的父亲具有先见之明吗？不知他当初是如何盘算的，福禄在前，寿禧随之而来，简直就是理所当然。沉重的生活因为我母亲的这个结论而呈现出了宿命的色彩。她甚至不无讥讽地说，如果老大叫了曲柴，那么她就一定会源源不断地生下七个，直到凑齐柴米油盐酱醋茶。父亲也为这个玄秘的斥责而深感不安，但母亲的夸大其词依然令他恼火不已。争端由此而来，在我的记忆中，他们的每一次战争，最终都会集中到一个主题上，那就是，究竟是谁导致了两胎四胞的诞生，谁应该为此负责，谁？谁？他们彼此都没有科学的依据，我母亲的宿命论往往就占据了上风。

宿命论成了我母亲最有力的武器。久而久之，她便习惯于将生活中的一切归于某种叵测的因果。譬如，她会将我的感冒与数日前的某句话联系在一起，那句话本来寻常无比，在她的诠释之下，居然真的会充满不祥之兆。在这种气氛下，我们家渐渐被一种虚无所笼罩，生活的面目在我们眼里缥缈如水，即使它巨大坚硬，也仿佛披着柔曼的轻纱。

身为一名教师，我的父亲，尝试过采用科学的实证方法，重新引导这个家的逻辑。他与一位学生家长勾搭在了一起，并且成功使其受孕。事情败露之后，父亲的人生大为改观，他从一个善于讲理的人，变得理屈词穷。但在家里，他却打出这么一手牌来为自己申辩：他要用事实说话，如果对方生下的只是一胎，那么盛产孪生的这个罪名，他就可以洗去啦！并且他已经想好了，如果这个证据降临，他就会坚决以"曲柴"为之命名，以此驳斥母亲的荒谬逻辑。父亲的狡辩当然也是强词夺理，但是这个荒谬的狡辩，却有效地平衡了他与母亲之间的关系。那个被扼杀在子宫里的曲柴，成了父亲的底牌——子虚乌有的曲柴永远无法被落实，就像真理一样既实在又渺茫，只是某种更高的存在，遥遥凝视着我的母亲。

我母亲因此而变得消极、冷漠，她不再喋喋不休，开始活在沉默的宿命论中，宛如一个承受着苦难的神秘女巫，直至在沉默中消耗掉自己的两只乳房，并且，最终走向死亡。我父亲以荒谬覆盖荒谬，效果看起来还算不错，这就给我们几个小孩上了一堂生动的课，并且，植根在我们的世界观里。在我们眼里，世界是不可捉摸的，生活是难以证伪的，一切都是怪异的，并且是可以被虚构的。对，虚构，它不仅仅是一种急中生智，它是一种恒久的手段与策略，是一手置之死地而后生的救命的底牌。

如今，我的新生活被悍然刷上了黑乎乎的"拆"字。我几乎无能为力，只有被恐惧扼住喉咙。我该以怎样的"虚构"来应付危机？就是说，我该打出怎样的牌？去做一颗尖锐犀利的"钉子户"？这太难了！我经常上网，重庆那颗闻名全国的"钉子户"，对我当然有所启发，它傲然屹立于万丈沟壑之上的孤绝姿态，充满了虚构的魅力，但成就这种姿态的先决条件是什么呢？最基本的两点是：一、男主人肌肉发达，是勇猛的散打高手；二、女主人伶牙俐齿，宛如新闻发言人。仅此两点，就足以粉碎我成为一颗钉子的梦想。我非但不肌肉发达，非但不勇猛，甚至堪称单薄；小鸽呢？小鸽还是个孩子，在我眼里，她有时候连话都说不清楚。我们根本没资格去做伟大的"钉子户"！

由于被刷上了黑乎乎的"拆"字，我店里的生意就提前崩溃了。被刷了"拆"字的小店，就好像被诊断出绝症的病人，行将拆除的店铺，就好像行将就木的老家伙，根本没什么信誉可言。而且，那黑乎乎的"拆"字很快就刷满了半条科技街，它威力巨大，像一阵狂风，把曾经的繁荣吹卷一空。店主们很快联合起来了，共同的灾难把曾经尔虞我诈的人们召唤在一起，谈判，抗议，组织对话，新闻呼吁，看起来都收效甚微。小小的街道办事处，强大如国家，赔偿方案丢在你眼皮下，多少？当然是杯水车薪，摊在我手里的，大约也就是五万块钱。这是我无论如何也不能接受的，五万块钱，开什么玩笑！我会把我踌躇满志的新生活如此贱卖吗？那样，我的生活就会变成踟蹰不前。

　　告他们，打官司，运用法律武器！小鸽这样鼓励我，我也这样去鼓励其他店主。起初群情激愤，一呼百应，大家高举法律之牌。但几天后形势就急转直下。我的同盟者，那些店主们，态度突然暧昧起来，言辞含混，虚与委蛇，而这时，我已经找好了律师。显然，他们被分化瓦解了，街道办事处各个击破，无非又多承诺了几个钱。而我，作为一名煽动者，成了街道办事处重点迫害的对象。街道办事处把我和其他群众区别对待了，根本不再搭理我。

五

　　已经有一些店铺关门了。他们妥协了，拉货的汽车组成一支撤退的大军，从我面前滚滚而过。我终于明白了，他们是和我不一样的人。我是什么人？我是一个生活的落水者，我抓住到手的稻草，力争上岸，妄图换上一把扬眉吐气的好牌。而他们，都是些习以为常者，生活在他们眼里模棱两可，似是而非，比较容易对付。

　　我站在自己的小店前，眼含热泪，目送着这支撤退的队伍，与其说感到了背叛与遗弃，毋宁说感到了孤独和愤怒。

　　这时候，曲兆福庞大的身躯逆车流而上，出现在我面前。他来做什么？无外乎是向我伸出肥胖的巴掌！但我却错了，他是来提醒我的。也许是我眼里的泪花让他惊讶了，他把脸凑在我眼前，张开了嘴。不错，有口臭。

　　曲兆福说，老三，我来提醒你，咱们家的房子应该有你的份。嗯，你日子过好了，也许看不上那些房，可哥跟你说，人得留后路，说不定你哪天就破产了，那么多大老板，说完蛋就完蛋，咔的一声，就完蛋！

我的心情正是落寞的时刻，顺嘴说，我已经破产了！

曲兆福木然地看着我，他和我近距离对视，我看到了一张被生活洗涤掉所有表情的大脸。这张大脸上的五官都有些病态的浮肿，头发已经斑白了。我突然有些感动，我觉得曲兆福也是个不幸的人。我相信他的善意，他来提醒我，是没有其他用心的。他现在扮演的是我父亲的角色，他在为我的明天担忧。

曲兆福八岁的时候，发生了改变他一生的事。他和几个同龄的小孩去护城河游泳，结果一个小孩给淹死了。本来想在护城河里淹死并不是一件容易的事——我在失意的时刻曾经去试过水，结果直接走到了对岸。那条河浅得很，最深处也就是一个成人的高度，何况他们下水的地方并不在最深处。但的确是淹死人了。别的小孩跑得快，曲兆福却给那个被拖上岸的小孩施救，压肚子，捶背，摇脑袋。死小孩的父母闻讯而来时，恰好目睹了曲兆福的举动——他正运足气，猛击死小孩的肚皮。曲兆福想把死小孩鼓成皮球的肚子给捶下去，他认为肚子癌了，人也就活了。孰料，他的野蛮行径严重刺激了那对父母。他们把丧子之痛全部发泄在曲兆福身上了。那个母亲，我父亲的同事，疯了一样地把曲兆福扑倒在地，一顿暴风骤雨般的捶打。这还没完，他们居然把死小孩的尸体抱到我们家来了。这可把我们吓坏了。那时候，我父亲刚刚经历了作风问题的洗礼，整个人的性情都一路下滑，向着卑微而去，面对一具儿童尸体，简直是如遭雷击。我母亲也是神志恍惚，根本没有足够的智力去搞清楚事情的来龙去脉，她接受了这个现状，把那具尸体和曲兆福联系在了一起，她也像那个丧子的母亲一样，不由分说，嗷的一声，就把曲兆福扑倒在地，也是一顿捶打，也是暴风骤雨。但这样并不足以平息事件，反倒怂恿了那对父母，他们居然把那具尸体撂在我们家了。我们家成了恐怖的深渊。大家集体守灵，死小孩的尸体就平躺在我家床上，面部青紫、肿胀，鼻孔和嘴角冒出些粉红色的泡沫，一脸古怪的坏笑。大家都被死小孩的尸体俘虏了，缩成一团，觳觫不已，无暇关注无辜的曲兆福。

八岁的曲兆福蒙受了怎样的摧残啊！我想，那一夜他一定是经历了漫长的煎熬，就像坐在菩提树下的佛祖，白云苍狗，百感交集，终于，豁然开悟了。第二天，那对父母又杀上门来，正当大人们交涉的时刻，曲兆福出其不意地亮出了他人生的第一手牌。八岁的曲兆福訇然倒下，他像一枚炸弹，掷地有声，无望地在大人们脚下翻滚，四肢痉挛，口吐白沫，像一条搁浅的鱼，扑通扑通地打挺。转机就此出现，那对父母抱起死小孩的尸体，仓皇而逃。

从此以后，曲兆福的脸就被洗涤掉了所有的表情，与其说是呆板，毋宁说是苍白，那种苍白不是指肤色，是指一种荡然无存的荒凉。他也变得越来越能吃，几乎一个人就能吃掉全家的口粮。我的父母认识到了些什么，情感的天平不自觉地向着曲兆福倾斜，很快就把他豢养成了一名肥胖儿童。曲兆福，这个肥胖儿童，孤独，沉默，面临危机时，就亮出他的底牌，口吐白沫，訇然倒地。这副底牌就像他的盒子炮，别在他的腰里，随时可以掏出来，对着生活射击。吃不上了，射击！穿不暖了，射击！考得差了，射击！打不过了，射击！于是，生活就对他网开一面了。

面对一切困难开枪射击的曲兆福，面对曲兆禧时，却无能为力了。他对我说，曲兆禧太不讲理了，他和曲兆禄想搬回家去，可是曲兆禧只留下一间她自己住的，居然用铁条把其他房间的门窗都焊死了。

曲兆福说，我们只有一条路了，上法院告她去……

我有些同情曲兆福了。我知道，虽然他腰里别着盒子炮，但生活对于他总体上还是苛刻的，他在获得特权的同时，也被无情地剥夺。他都快四十岁了，却至今未婚，在一家合资企业做保安，基本上也是个没有明天的人。如今我的明天也摇摇欲坠，我就能感同身受地理解他。何况，他还能兼顾到我的明天，跑来提醒我不要忽视自己应得的利益，要时刻准备被生活"咔"的一下，我不能不感动。我说，那就告吧。他问我，你不告吗？我？我不太拿得定主意，我正准备把街道办事处告到法院去，如今又要把自己的妹妹也告了去吗？其实，即使告街道办事处，我都有些勉强，我对生活充满怀疑，对法律的信任也很淡薄，我觉得，有时候法律都不如一把盒子炮，我只是缺乏盒子炮，才去寻找法律的武器。何况，曲兆禧毕竟是我的妹妹，不管法律还是用盒子炮，我都有些下不了手。

曲兆福看出了我的犹豫，他说他也不想告，可是没办法，他要替自己老了打算。曲兆福痴痴地说，其实老三我已经老啦！你自己拿主意吧，我算是提醒你啦。说完他就走了，笨拙的身体缓慢地汇入到滚滚的车流里。

远处已经出现挖掘机了，它们巨大的铁臂正徐徐举起，分明戳痛了天空的神经。我的耳边响起一声叹息：你太善良了⋯⋯

当然是小鸽，她在偷听我们说话。我瞪了她一眼，我不喜欢她这种鬼鬼祟祟的样子。

六

我像一个孤独的斗士，举起了法律的长矛。我把街道办事处告上了法庭。得知消息后，王主任把我喊去谈了一次话。

当时十点来钟，街道办事处飘荡着广播体操的旋律，工作人员集合在院子里，敷衍了事地做着锻炼。王主任，这个像男人一样干练的女人，在她的办公室里一边做体操，一边和我谈话。这是她的特权。

她对我的执拗表示不理解，小曲啊小曲，你闹什么？搬就搬了嘛，换个地方一样做生意，会死人吗？

她当然不理解我，如果我也像她一样，有个能在办公室里做广播体操的工作干，我也不会这么拗。我承认，在这件事情上，我的确有些一根筋。我并不是一个难缠的家伙，永远只能仰视光芒四射的"钉子户"。但是现在，在王主任的眼里，我的形状却可疑起来，仿佛初具了"钉子"的形状。在她看来，这样很可笑，在我看来，这却是悲哀。她永远不会理解，一个完全自食其力，把自己的明天和今天牢牢挂起钩来的人，会多么珍视自己现有的一切，当生活突然咔的一声时，会做出多么忘我的挣扎。当然，搬就搬了，又不会死人，可换个地方一样做生意，说得太轻松了！有本事她换个地方试试，看还能不能在办公室里做她的广播体操，我敢打赌，现在把她赶到院子里去跳，她都会不适应。

　　我说我并不想闹，我打拼了十几年，刚刚稳定下来，如果不是在科技街上，我根本不会去做这个生意，如今要我换地方，等于是要我的命，我太了解这一行了，分散去做，只能坐以待毙。

　　王主任说，怎么会，去科技广场啊，那里都是做这种生意的。

　　我说，科技广场？你知道那里一年的租金是多少？

说出来会吓死人的!

王主任说,别人怎么没被吓死?

我赌气说,我胆子小!别人?别人是什么人?别人的腰都比我粗,买卖都比我大,别人租得起!

王主任一边做着跳跃运动,一边气喘吁吁地笑着说,噢,我知道了,你的腰有问题,比较细!然后她开始做整理运动了,甩着手对我说,这样吧,我做主了,再给你加一万!

我考虑都没有考虑,脱口而出,不干!她以为这是做什么?在市场里卖菜?她是在和我的明天做交易,我的明天不容讨价还价!

王主任失望了,手一挥说,你告去吧!

这时候广播体操的旋律也戛然而止。我感觉她把我叫来,就是为了配合她做这套体操的。

我的律师姓黄,是个年纪很大的老头。我之所以选择他,是觉得老头比较可信,天然地胸有成竹。我没料到,黄老头居然也是曲兆福和曲兆禄的律师。那天我去律师楼交代理费,正好和他们碰在一起。曲兆禄正蘸着唾沫数钱,一眼看到我,就胡乱把钱塞进口袋里。我实在是讨厌他的这副样子。

曲兆福当年口吐白沫，还有情可原，他遽然倒下，是蒙受了巨大的冤屈；而曲兆禄，却是邯郸学步，他第一次发作，就是那次与体工队员的较量。我不太相信他是被摔出病来的，因为，之前我也被那么摔过。抛开动机不讲，我觉得这种方式猥琐，可耻，是一种伎俩。曲兆禄却尝到了甜头，他把这种伎俩发挥到了极致，频繁使用，倒在地上的次数大大赶超了曲兆福，而且花样翻新，加上了吃土的动作——把唾手可得的泥土塞进嘴里，和着白沫涂得一脸污垢，以此加重他倒地的砝码。和他比起来，曲兆福每次倒地的理由都显得正当了，不过是为了一个包子，一件棉衣，顶多为一次不及格的成绩。而他，却把这个伎俩用来行恶。他偷邻居女人的内裤，被发现了，倒也！他追求女人，遭到拒绝，追上门去，倒也！他开录像馆，放三级片，被抓到派出所，倒也！就是那一次，他开始了吃土……他们让我为那个家深感耻辱。他们一次又一次在众目睽睽之下故伎重演，好像把我们家的老底得意扬扬地亮出来，这当然令我周身冰凉，羞愧难当。他们用尊严做牌，打来打去，以此牟取和诓骗生活，被生活暂时豁免，我的生活却因此倍感绝望。他们逃避了的，都变本加厉地被我背负起来。

他们太丢人了，毫无廉耻，不惜让整个家庭成为别人眼里的笑柄。口吐白沫就那么好？又不是口吐莲花！

当然，曲兆禄心理阴暗，应该归咎于我的父母。他是这个家的老二，他不是一个女孩，就成了他的原罪；他不但令一次完美的生育有了瑕疵，并且成了下一次生育的导火索。他和我一样，都是父母眼里多余的人。我的父母爱憎分明，厚此薄彼，直接就把我们养成了骨瘦如柴的模样。这样一想，不禁令人毛骨悚然，莫非，我也心理阴暗，难免步曲兆禄的后尘？所幸，我及早从那个家逃了出来，用自己的双手，正面与生活去搏斗了。

曲兆禄搞清楚了我的来意，才把钱重新掏了出来。他又数了一遍，交给黄老头，同时向我声明，这是他和曲兆福的钱。我明白，他是在暗示我，他们现在去谋取的利益，与我无关。我懒得理他，把我的钱也如数交给黄老头。

黄老头乐了，他嘿嘿笑着说，这么巧这么巧啊，我早该想到了，福禄寿禧，福禄寿禧……

我用手敲一下他的桌子，我不爱听这种腔调。黄老头笑痛了我的神经，他把我们相提并论，在我看来，就是一种嘲讽。我不想多和他们纠缠，抬腿就走。

曲兆福却追上我，拉住我的胳膊说，老三，你现在签字还来得及，和我们一起做原告吧。我听出来了，他把"原告"两个字咬得特别狠，分明是把那当成了一种光荣的身份。

曲兆禄却在身后叫，你别拉他你别拉他，他是大老板，不缺房子住。

我回头瞪他一眼，他嘿嘿嘴，很幸灾乐祸的模样。我讨厌这种幸灾乐祸，一瞬间动了念头。我是个大老板吗？当然不是，我也正在挣扎。那么我也应当争取自己应得的权益，给自己留条后路。我就这么去做了，回到黄老头身边，又交了次钱，并且，在一张法律文书的上面，紧随曲兆福和曲兆禄之后，签上了曲兆寿。这样，福禄寿禧，我们家的四个孩子，在那张纸上团聚了，好像当年，我在学校填亲属关系表一样。签名的时候，我想起了曲兆禧那副比例失调的模样，心头不禁一颤。正如小鸽所言，我真的是太善良了。

我的善良让我对自己的行为耿耿于怀，从律师楼出来，我迅速甩掉了曲兆福和曲兆禄，骑上自己的摩托车，加大油门，冲上车水马龙的大街。阳光真是明媚，它太明媚了，和我的心情两相映照，都显得过分了。

　　科技街已经呈现出残垣断壁的模样。推土机，挖掘机，咔！咔！咔！效率惊人，尘土飞扬。我的小店，已经有了孤岛的雏形。小鸽还坚持在店里，这其实已经没意义了，她现在接待的不是顾客，是尘土。柜台上很快就会落上一层灰，小鸽就不厌其烦地用抹布擦。她擦什么擦啊，生活能被擦出一尘不染吗？我闷头进去，趴在电脑上上网。我现在特别关注重庆那个"钉子户"的命运，觉得我们休戚与共，我也许能从他的斗争中获得些宝贵的经验。我看到，那位肌肉发达的男主人挥舞起了一面红旗，正当我热血沸腾之际，砰的一声，电脑就黑了。显然，是断电了，我早该想到，接下来还会怎样？我也去挥舞一面红旗？不，我没有那样的魄力，我只是个平凡的男人，在生活这口大锅里熬到了三十多岁，基本上已经非常稀松了。

　　小鸽小心翼翼地问我律师的情况，他怎么说，有没有把握？最近我心情不佳，小鸽对我总是小心翼翼。我看了她一眼，突然胸中一酸。我觉得小鸽太漂亮了，她的漂亮蒙上一层小心翼翼，就像钻石蒙上了灰一样地不能令人释怀。我的心一下子软到了极点，冲动地说，小鸽我们不要这店了，拿上钱，买一台车，开着去周游全国！我以为小鸽会惊喜，但是她没有。她很理智，她这么漂亮却这么理智，简直是我的罪过。

小鸽皱着眉头说，你疯了，周游全国？

是啊，周游全国。其实我并非囊中羞涩，我还有些钱，即使什么也不做，这辈子吃饱穿暖，踏实地和小鸽缩在氨气密布的小宿舍，大概不是什么问题。但也仅限于吃饱穿暖和活在氨气里，应付生活中的突变，显然就捉襟见肘了，而生活一定是会突变不断的，咔咔咔，风起云涌，总是令人措手不及，把一张又一张严厉的牌摔在你眼前。我现在决定用这些钱去周游全国，似乎是真的疯了。我想我没疯，真疯了的话，我会说周游世界。可我多想疯啊，疯了就能透口气了。

小鸽却教育我说，你这是逃避，是不负责任的态度，你那样去面对的生活，是虚假的。

虚假的？我从狂热中惊醒，可不是吗？虚假的！当年我从家里逃出来，就是为了摆脱狰狞的虚假，我不愿意像曲兆福和曲兆禄一样，趴在地上吃土，以此换取生活的恩惠，去过一种伪生活，而我现在却企图用另一种方式来欺瞒生活了……

我把小鸽拉在怀里，吻她。我吻得深情而专注。小

鸽开始有些不适应，但旋即就投入了。我们亲吻着，亲
吻多么好啊，空气都软了下来，店外机器的轰鸣，都成
了旋律。

七

我的两个官司在同一天开庭。

早上是与街道办事处对簿公堂。坐在我对面的，并
不是我期望中的王主任，我一直在猜测，她会不会仍然
穿着那身运动服过堂，如果是那样，我觉得她对法律有
些不尊重。而我就不同，虽然我怀疑法律，但是我尊重
它，我在前天晚上辗转反侧，并且在今天换上了整齐的
西装。但是她却没来，代表办事处的只是他们的律师。
他们真的无视法律？毋宁说是轻视我。作为原告，我证
据确凿，我们之间的合同白纸黑字，印章通红，不容置
疑；对方并不否认，但强调这是政府行为，具有不可抗
拒性。这是办事处的底牌。没什么好说的，法官问我
们，愿意接受调解吗？我还没有开口，胸有成竹的黄老
头就替我回答了，不！为什么不？这里面有他的利益，

我的诉讼请求是赔偿五十万，这也是黄老头替我算的，如果胜诉，我要按比例分他，如果我和街道办事处调解了，就没他什么事了。这是黄老头的底牌。

法官宣布休庭，择日宣判。前后不到半个小时，简单扼要，我觉得太快了，宛如梦中，咔的一声。

下午是和曲兆禧对簿公堂。诉讼请求很简单，要求法院判决我们共同享有我家的房子，有权利现在就搬回去住。我没有到庭，全权委托给黄老头了。说实话，我害怕见到曲兆禧，见到她，说不定我的善良就会跳出来，敦促我当庭撤诉；同样是实话，我现在也很在乎我应有的权益，如果我的生活依然保持着蒸蒸日上的态势，我可以放弃和曲兆禧争夺，但我现在的生活岌岌可危了，我只有去抢，去夺！我即使为了小鸽，也要这么去做，我不能一辈子让她生活在氨气里。当生活咔咔咔地恐吓我时，我就格外珍惜起小鸽了。

幸亏我没到庭。我昨夜没睡好，回去就倒头睡下了。我做了噩梦，曲家兄妹剑拔弩张，咔咔咔，完全是你死我活的架势，不像是打牌，像是打仗。后来听黄老头说，那也真是发生在现实中的一幕。曲兆福和曲兆禄义愤填膺，以事实为依据，以法律为准绳，频繁打出好牌；孰料，曲兆禧绝地反击，咔的一声，当庭出示了一份遗书。

黄老头把这份遗书的复印件拿给我看，我通读一遍，觉得非常可疑。

这份遗书是以我母亲的名义写的，上面列数了她三个儿子的劣迹，曲兆福和曲兆禄的倒是言辞凿凿，他们的劣迹本来就罄竹难书。加之于我的罪名，却有些牵强附会，指责我忤逆不孝，只知道自己发财，六亲不认，从来不管父母的死活，一走多年，音信皆无……虽然这基本上是事实，但我不相信我母亲有这样的文采。我母亲是什么人？纺织女工！如果这封遗书出自我父亲之手，倒容易令人信服，小学语文教师嘛。可那样一来，这封遗书的真伪就太好甄别了，一个小学语文教师，总会留有大量笔迹，以供对照鉴定，而一个已故纺织女工的字迹，就太难寻找了。这就留下了悬疑，法庭需要调查。

而且，我也不相信我母亲会对我有这样大的成见。我当年离开家，其实是回去过几次的，每次都是看我母亲。那时候我母亲已经割掉了她的乳房，我觉得她很可怜，每次见到她，都要偷偷塞些钱给她。我母亲已经彻底变得神道道的了，接了我的钱，就要给我算命。有一次她态度庄重地对我说，三儿，你前世是只蝌蚪，没变成青蛙就死了，所以这辈子你也享不到父母的福。不知道为什么，她的这番话一下子就把我说哭了。我扑进她平坦的怀中，哭得稀里哗啦，上气不接下气。

所以我基本可以肯定，这封遗书一定是伪造的。别说我母亲写不出这样的东西，即使写得出，她也会写成《周公解梦》或者《推背图》那样的玄奥之书。曲兆禧敢于伪造遗书，看来是决心要虚构生活了。

可是她没有得逞。曲兆禄很快就找到了证据。他不知从哪儿翻出了自己的一本练习册，上面居然有我母亲的笔迹，一个拙劣的"差"字，混在我父亲的批改里面。这个"差"就像我的那个"拆"一样，立刻把美梦颠覆了。法院做了司法鉴定，旋即判决就下达了，曲兆禧败诉，伪造证据，并处一万元的罚金。我觉得这样判有些重，那一万元就没什么必要。我都觉得重，曲兆禧当然就觉得更重了。她拒不履行法院的判决，一万块钱不交，房子依然用铁条焊死。

黄老头给我们出主意，要我们申请强制执行。申请强制执行要给法院交一笔费用，这笔费用就摊到我头上。曲兆禄认为官司打赢了，他的那本陈年练习册做出了重大贡献，因此要求得理直气壮。我硬着头皮掏了钱，交上去之后，我问黄老头法院会怎么收拾曲兆禧，答案让我大吃一惊。黄老头说会强行破门，而且，她拒交罚金，法院会拘留她。拘留？这可是我万万不愿看到的！我的头皮又硬了一次，自己掏出一万块钱，让黄老头去给曲兆禧交了。黄老头被我搞糊涂了，指着我的鼻子问，你们这打的是什么官司？我回答不了他，我自己也糊涂了。

然后就接到了法院的通知，约好时间去执行判决。

那天我一大早就出了门。我没有告诉小鸽我的去向，她一直都蒙在鼓里，并不知道我已经为了她放弃了自己的善良。我还是希望永远把那个善良的形象留给她。

我骑着摩托车来到我家门前时，曲兆福和曲兆禄已经到了。他们都背着一大卷铺盖，眼看就是要扎根下来的样子。曲兆禄还带着他的老婆，那是个面无表情的女人，脸上的肌肉似乎是铁皮，我从来没见她笑过。曲兆禧挡在门前，眼睛里一派凛然。她那上初中的儿子，我的外甥，和她并肩站在一起。我吃惊地发现，几年没见，这小子活脱脱长成了我的样子，我们像一个模子打出来的。这个发现令我难受，心里像塞进了一团茅草。这小子瞪着他的舅舅们，像一条瘦骨伶仃的小野狗。

福禄寿禧，时隔多年，我们终于团聚了。大家当然无话可说，那气氛，简直令人窒息。我们是一奶同胞，我们曾经共同捍卫过乳房，但可耻的生活根除了一切，让世界变得平坦，胸口平坦，情感平坦。

十点整，法院的警车准时开来了。黄老头和几个法警跳下来，我的心莫名其妙地悬在了嗓子眼，好像面临制裁的，不是曲兆禧，是我。法警宣读了执行书，然后上来两个，就要控制住曲兆禧。

当他们宣读执行书的时候，我就看出了曲兆禧的异样。我看到两片白翳缓慢地爬上了曲兆禧的眼珠。她的眼珠就那么大，但那两片白翳仿佛有着无限的爬升空间，就那么爬着，爬着，直到掩盖了她整个的眼珠。我心想，坏了！

果然，那两个法警刚靠近她，她就嗵地栽倒了。在栽倒的一瞬间，她竟然一把撕开了自己的衬衣。她里面居然什么也没穿，两块明晃晃的伤疤，都有碗口那么大，赫然烙在她的胸前。她就这样赤裸着在地上疯狂痉拏，身体的弹跳激荡起团团尘埃。法警们被吓坏了，去摁她，去搯她的人中，场面乱作一团。曲兆福和曲兆禄目瞪口呆，他们怎能料到，曲兆禧会比他们更坚决，更有过之而无不及，打出的牌更加有声有色。

这是虚无与痛楚的一刻。我恐惧地发现，曲兆禄的眼珠也在隐隐发白。天啊！我几乎要失声惊叫！曲兆福却揪住了曲兆禄的衣领，把他揪了个一百八十度，吼一声，我们走！这一声是一道命令，立刻也吼醒了我。我扭头就跑。一转身，却和我的那个外甥撞在了一起。我看到了，我真的看到了，这小子的眼底也乌云一般地升腾着两片白翳！

我跳上自己的摩托车，向着路边冲去，一棵树向我迎面撞来。为了躲避，我只能让摩托车失去控制。我斜着飞了出去，半边身子在地面上滑行了十几米才停下来。我居然还能爬起来，拦下一辆出租车就钻了上去。房子我不要了，摩托车我更不要了，不要了，我不要了！

回去后我才发现右腿的裤子都磨破了，大腿外侧的皮大面积损伤，渗出血珠和肌肉的纤维。

小鸽惊呼一声，你出车祸啦？

是的是的，我出车祸啦，我胡乱应着，惊魂未定。

小鸽把我扶到床上。她又蹲到那两只水桶前了，温毛巾，然后过来给我擦伤口。她一边擦一边心痛地埋怨我说，你太不小心了，为什么不小心一点？你还不够倒霉吗？她这么埋怨，是基于一种逻辑。我回答她说，我为什么要小心？既然我已经这么倒霉了！我这么回答，也是基于另一种逻辑了。生活的逻辑就是这么混乱，其实，就是没有逻辑。

小鸽说，唉，你太善良了。

我说，胡说什么？这是哪儿跟哪儿？

八

另一份判决很快也下达了。我的诉讼请求被驳回，法院判决，街道办事处赔偿我五万块钱，诉讼费我们各承担一半。五万块钱，比王主任承诺给我的还少了一万，我还要承担一半诉讼费！没有等我开口，胸有成竹的黄老头先问起我来，怎么会这样？不应该呀？怎么会这样？我怎么知道！连小鸽也来问我，怎么会这样？怎

么会这样？仿佛我是一个掌握了所有秘密的人，我能够
看穿世界最叵测的底牌。

　　我被他们问烦了，就躲到店里去。我心里并没有什
么明确的主张，我麻木了，随波逐流。小鸽说，就不
搬！就不搬！我就决定就不搬就不搬了。我身不由己地
被塑造成了一颗钉子，而且好像还有些犀利的样子。我
天天坐在店里，坐在震耳欲聋的咔咔声中，摆出一颗钉
子的造型。我的腿受伤了，小鸽开始给我精心烹调起食
物来。猪蹄子，羊脖子，和黄豆熬在一起，一锅一锅地
送到店里来，吃得我内火旺盛，汗流浃背。她这么做，
好像是暗示我什么，吃下这些东西，我更加身不由己
了。我的胃口被吃开了，反倒整日处在饥饿的状态中，
即使正往嘴里填东西，肚子里也会饿呀饿地乱叫。

　　有一天我正坐在店里喝羊肉汤，突然一块砖飞进
来，哗啦一声落在柜台上，把玻璃砸得四分五裂。好在
店里的货物已经转移了，只留下几只空盒子装模作样地
摆在柜台里。我跳起来，一手端着盛羊肉汤的小汤锅，
一手摸出台数码相机，前后左右地拍摄起柜台的惨状。
我是有备而来的，我已经预计到了可能发生的迫害，我
要留下证据，必要的时候这些证据就是我手里的牌。这

也是我从网上搜到的经验，做一颗钉子，那是需要策略的。

但我仍然紧张了。拍完后，我就跑出店外，蹲在路对面，一边喝着羊汤，一边用手机拨给王主任。喂，王主任吗？我声明一下，我的生命刚刚受到了威胁，幸好，我暂时无恙，只是财产受到了损失，我已经拍下了证据，你要不要看一看？电话那头沉默了片刻，然后挂断了。我喝了口羊肉汤，不知为什么，这口汤喝得我满眼泪水。

离我不远，蹲着几个民工模样的家伙，他们虎视眈眈地望着我。就在我和王主任通话不久，来了个头戴安全帽的人，他冲那几个家伙一挥手，他们就走了。我知道，这一仗我是打胜了。我居然有些沾沾自喜，回去给小鸽一学，她也很感振奋。小鸽哈哈大笑，摆了个拳击动作让我欣赏。她这么开心，我很欣慰，看着她笑，我简直心痛。

第二天我就接到了法院的通知，勒令我三日内搬离，否则法院将强制执行。我并不感到惊讶，这也是意料之中的。我去强制执行别人，别人也来强制执行我，总归是免不了的，总归要被强制，被执行。这么看来，我母亲的宿命论还是有价值的。

我没有把这个消息告诉小鸽。我希望她永远高兴。我仍然天天坐在店里，等待小鸽给我送来美食。我真是饿啊，饿得我自己都警惕起来，我觉得我的身体有毛病了。王主任来看过我一次。我正在啃羊脖子，进来一个男人，摘下安全帽，我才发现她是王主任。她好奇地把头伸在我的碗上面说，小曲啊小曲，你吃的什么玩意？我如实告诉她是羊脖子。她喔喔了几声说，羊脖子好，我坐月子的时候就吃的是羊脖子。我还有心开她玩笑，我说王主任，你把安全帽送我吧，我更需要，而且，你戴着它，太像个男人了。她哈哈哈一阵爽朗地大笑说，你这个小曲哇你这个小曲哇！我们就这样，像拉家常一样，说了几句废话，一切看起来都蛮和谐的。

第三天来临的前夜，我和小鸽喝了些酒。我的酒量不行，小鸽更不行，所以没喝多少，我们就有了醉意。

小鸽趴在我身上，两只胳膊肘撑在我的肋骨上说，我们搬了吧，不做这生意了，改行，开个饭馆、服装店什么的，不跟他们玩了，原谅他们算了。

她顶得我肋骨生疼，但我并不说出来，由着她顶。我打着嗝附和她说，嗯，你说得对，不跟他们玩了，我们原谅他们，改行做别的去。

小鸽说，对，我们自己玩，不和他们玩。

我也说我们玩我们玩。

我们就开始接吻。我们玩，弄到很晚才睡着。

黎明的时刻我就醒来了。我在灰白的晨曦中打量身旁的小鸽。她睡得很死，趴着，赤身裸体，一条腿伸直，一条腿曲着，乳房从身子下挤出来，样子不太好看，显得有些粗鲁。可我还是忍不住吻了吻她。我觉得，如果真的有生活这么一个东西，那么，晨曦中女人粗鲁的睡姿，就是生活。这间宿舍里依然密布着氨气，我们的货物也堆积在里面，因此显得更加逼仄，而这些，都是生活。

我跛着一条腿去了自己的小店。我把店门敞开，自己坐在柜台后面饥肠辘辘地等待着。我在等待什么？强制执行，还是小鸽的美食？好像都无所谓，我并不期待什么，也并不想排斥什么。我只是觉得我病了，身体有些异样。

当警车停在门前时，我主动迎了出去。他们照例向我宣读了执行书，这并不新鲜。然后一辆推土机就吭哧吭哧地开过来。它的大铁铲朝着我的门脸挺进。

　　我的眼睛有些发乌，有两团絮状的白颜色爬了上来。我知道不妙，竭力抵抗着，这副底牌，我挺了多年，它们终于还是来了。可是我真的饿极了。我想转移一下自己的注意力，就向远处张望。我朦胧地看到，小鸽从街的另一头向我走来，胸前捧着一口小汤锅。我想把她看清楚，但是我做不到，小鸽她像走在白茫茫的雾里面一样。我感到喉咙奇痒无比，禁不住就要用手去抓，但那痒在喉咙里面，我只有把自己的脖子掐起来，才能管些用。我觉得有泡沫从自己的肚子里翻涌上来，顺着嘴角流了出去。我听到了轰的一声。我想那是推土机把墙推倒了。但很奇怪，那居然是我自己倒下发出的声音。我看到了好几双皮鞋。一瞬间，它们在我白茫茫的视野里都变得极富诱惑力，让我馋涎欲滴，我只有扑上去咬它们，在我看来，它们都是肉，都是肉！

「天上的眼睛」

那只鸡一直藏在我家冰箱里。它被冻得硬邦邦的，爪子竖起来，脖子和头笔直地昂着，二目圆睁，冰霜给它的眼珠蒙上了一层白翳。它翘首以盼的样子，就像我一样。我想，它要是在被宰杀之前，聪明地闭上眼睛，一定就不会是这副死不瞑目的难看样子——那个卖鸡的人手艺非常好，刀子一抹，就干掉了它。所以说，死并不会给它带来痛苦，让它魂飞魄散的，只是它的眼睛。它看到了刀子，看到了自己喷溅的血，而一只注定了要死的鸡，是不该看到这些的，它看了不该看到的，就活该它痛苦。

　　不是吗？我要是懂得闭上眼睛，一切就不会是这样的。

可那时候，我并不懂得这个道理。

下岗后我做了许多活计。我去超市做过送货员，在街边摆过旧书摊，还在自己家里办过"小饭桌"，但做得都不成功。我所说的成功，当然不是指那种大富大贵的成功，我对成功的理解是：只要每月挣回来政府发给我的"最低保障"就行，那样我就等于有了双份的"最低保障"，我家的日子就会真的比较有保障了。可是我做了这么多活计，居然没有一次挣到那个数目。后来政府照顾我，把我安置在街道的"综治办"里。"综治办"里都是一些和我一样的人，大家在进来之前都做过一些五花八门的活计，而且做得都不成功，所以就都有着一颗自卑的心。在"综治办"，我们穿上了统一的制服，袖子上绣着很威风的标志，每人还配发了警棍，你不仔细看，就会把我们当成公安。戴着袖标拎着警棍的我们一下子伸直了腰杆，觉得自己重新站立了起来，心又重新回到了以前的位置。而心若在，梦就在，有了梦，我们就生活得有滋味了。我们干得很欢实，风雨无阻地巡逻在大街小巷，目光炯炯地注视着一切可疑分子。在我们的守望下，街道上的治安一下子大为改观了，我们震慑了那些做坏事的人，为社会做出了贡献。这是多么好的事情，我们不但找回了自己存在的价值，而且每个月还有五百块钱的工资可以领！

这样好的事情我当然是懂得珍惜的。我负责一个菜市场，说实话，那里真的是比较乱，有一群贼混在里面，他们把大钳子伸在买菜人的口袋里，夹走钱包，夹走手机，有时候被发现了，就干脆公然抢劫。我家金蔓就被他们偷过。那天她提着一把芹菜回家，菜还没放下就开始摸自己的口袋，她摸了摸左边的口袋，又摸了摸右边的口袋，来回摸了几遍后就叫起来：完蛋了完蛋了，钱被夹走了，钱被夹走了。

当她又摸了几个来回，确定真的是被人把钱夹走了后，就诅咒说：这帮天杀的，要是被我发现了，一定掐碎他们的卵子！

可我说：千万不要，这帮人恶得很，郭婆的事你忘记啦？

郭婆是我家邻居，她在菜市场被人夹走了钱，发现后迅速追上去讨要，结果被那个人的同伙用刀子捅在了屁股上。

我这么说，当然是为了金蔓好。我怕她吃亏，真的被刀子捅了屁股或者其他地方，可怎么好？而且我也知道，金蔓被夹走的也不会是很多钱。金蔓口袋里的钱是不会超过二十块的，我们夫妻俩的钱有时候加在一起，也不会超过二十块。我是在心里算过账的，我认为万不得已的时候，损失掉那二十块钱还是比较明智的。金蔓却不理解我的苦心，她吃惊地看着我，眼睛里就有了火苗。

金蔓说：那你说怎么办？我就眼睁睁地看着他把我的钱夹走？

我说：也只能这样吧。

我教她：最好的办法是你捂紧自己的口袋，让他们夹不走。

你说得容易！我一只手要提菜，一只手要付钱，难道还能再长出一只手来捂口袋？金蔓火了。

我看出来了，她是把对于贼的愤怒转移在了我的身上。

我说：我这不是为你好吗？最多就是丢掉二十块钱，你和他们拼命，划不来嘛。

我还想说：难道你的命只值二十块钱？

但金蔓吼起来：二十块钱！二十块钱！你一个月挣几个二十块钱？

　　她这么一说，我的脑袋就耷拉下去了。我想金蔓没有错，换了我，为了二十块钱，说不定我也是会和人拼命的。

　　所以，当我成为一名综治员后，对于自己巡逻下的这个菜市场就格外负责。我知道那些贼偷走的不只是一些钱，有时候他们偷走的就是人的命。

　　但那帮贼根本不拿我当回事，他们无视我的袖标和警棍。我在第一天就捉住了一个长头发的贼。这个贼聚精会神地用钳子夹一个女人的口袋，我在他身后拍了他一把，他不耐烦地扫过来一只手赶我走。我又拍了一下，他居然火了，回过头来瞪着我。这太令我吃惊了。我的性子是有些懦弱，尤其在下岗后，做什么都不成功，就更是有些胆小怕事。所以当这个贼瞪着我时，我一下子真的有些不知所措。我被他瞪得发毛。我抬了抬自己的胳膊，为的是让他能够看清楚我胳膊上的袖标。他果然也看到了，凶巴巴的眼神和缓了不少。这就让我长了志气，我一把揪在他的领口上，想把他拖回"综治办"去。我手上一用力，就觉得这家伙根本不是我的对手。我做了那么多年的工人，力气是一点也不缺乏的，我们工人有力量嘛。这个时候有人在身后拍我的肩膀。

217

我也不耐烦地向后扫手。我的这只手里是拎着根警棍的，所以扫出去就很威风。但是我扫出去警棍后，依然是又被人拍了一下。我只有回过头去了。我刚刚回过头，眼睛上就被揍了一拳，直揍得我眼冒金星。然后就有人劈头盖脸地打我。我能感觉出来，围着我打的不是一个人两个人，是一群人，那些拳头和脚像雨点一样落在我身上。我被打蒙掉了。即使蒙掉了，我也没有松开那个已经被我揪住了的贼。我一直揪着他的领口，把他揪到我的怀里，抱着他的脑袋，让他同我一道挨打。他的同伙看出来我是下了蛮力了，如果我不死，我就会一直抱着那个脑袋不放的。所以我就吃了一刀。

那把刀捅进我的肚子，拔出来时我觉得自己身体里的气都漏掉了。

这件事情我一点也不后悔。

因为我被送进了医院，一切费用都是公家出的。我还得到了奖励，"综治办"一下子就发给我三千块钱的奖金！所以我虽然也挨了刀，但比起郭老太屁股上挨的那一刀，显然要划算得多。我挨的这一刀引起了相当的重视，公安采取了行动，当我重新回到菜市场时，这块地方就干干净净的了。那群毛贼荡然无存，天知道他们躲到哪儿去了。我巡视在这块自己流过血的地方，像一个国王一样地神气。菜贩们都对我很友好，有些经常来买菜的妇女知道我的事迹，也对我刮目相看，态度都很亲热。

那一天我依旧在市场里巡逻，就有一个妇女热情地对我打招呼。

当时她手里提着一只鸡，她把这只鸡举在我眼前说：小徐，买只鸡吧，这鸡很好的，是真正的土鸡。

我笑着对她点点头。我点头本来是什么也不代表的，只是客气一下。

没想到，她身边那个卖鸡的人立刻就说：好的，徐综治员，我给你挑只精神的！

然后他就动手替我捉住了那只鸡。那只鸡塞在笼子里，挤在一群鸡当中，精神抖擞地伸着脖子。它这么神气，当然就被捉了出来。卖鸡的人手脚麻利，将它的头和翅膀窝在一起，举着那把尖刀就抹了过去。他的刀还没落在实处，那只鸡就疯狂地挣扎起来。它一定是看到那把刀了，知道那是来要它命的。我都来不及说话，这只鸡喉咙上的血喷溅出来，"咯"了半声，就死掉了。一会儿工夫它就被收拾成了另外的一副样子：光秃秃的，就好像人脱了衣服一样。卖鸡的人抓着它的脚，在水桶里涮一涮，不由分说地塞给我。

我说：我不要我不要！我连忙拒绝，举着手里的警棍摇摆。

但他坚持要塞给我，并且一再表示不收我的钱。我就动心了。本来我的口袋里是没有能够买下一只鸡的钱的，现在不用付钱就可以得到一只精神的土鸡，实在是很诱人。

随后我就拎了这只鸡回家。我总不能一手拎着警棍，一手拎着这只鸡工作吧？回去的路上我还想，哪天我口袋里有足够买一只鸡的钱了，我就一定把账付给人家。我是不会利用职务的便利去索取好处的，我不能对不起政府发给我的警棍和五百块钱。

那天我拎着一只鸡回家，快走到自家楼下时，心里突然焦躁起来。我的心慌慌张张的，有一种没着没落的感觉。我不知道这种感觉是怎么来的，只是觉得烦闷。我上到楼上，用钥匙捅自家的门锁。我捅了几下那门都没有被捅开。我都觉得是自己找错门了。我把那只鸡放在脚边，把警棍夹在胳膊里，继续去捅。这样捅了很长时间，门却突然从里面打开了。

我家金蔓站在门里，向我嘟哝说：你干什么回来了，你不好好巡逻，跑回来做什么？

她一问我，就把我要问她的话憋回去了。本来我是要问她的，早上她明明出门去布料市场了，这会儿怎么却躲在家里？我把脚下的鸡拎起来让她看。我原以为她会为这只鸡吃惊的，我想她会是高兴还是生气呢？她多半是会先生气吧，埋怨我居然会奢侈地买回来这么好的一只鸡。不料她扫了那只鸡一眼，就自顾自地扭头进了屋。

这个时候我就开始起了疑心，心里面说不出的别扭。

我把那只鸡放进冰箱里，准备重新回到菜市场去。走到门口了我又折回来。

我问金蔓：你不去上班，跑回来做什么？

金蔓坐在梳妆镜前化妆，她说：我回来拿样东西。

我说：你反锁住门做什么？

谁反锁门了？谁反锁门了？金蔓突然怒气冲冲地嚷起来。

我闷头又回到屋里，坐在沙发里看她。我觉得胸口很难过，有些上不来气。

我说：金蔓你倒杯水给我喝。

金蔓回头疑心重重地看了我一眼，终于还是倒了杯水给我。

我捧着水杯，咕嘟咕嘟喝了几大口。在喝水的过程中，我的眼睛也没有闲着。我把我家的屋子看了个遍，随后我就鬼使神差地走到了我家那张大床前。我把家里看了个遍，觉得只有这里是个死角。我就像受到了老天的启发一样，毫不留情地掀开了那张床的床板。

起初我以为是自己的眼睛花了，因为我眼睛看到的，绝对不是我愿意看到的东西。事后我也想，要是当时我真的以为自己看花了眼，那该多好。我就会把床板放下去，继续回到菜市场去巡逻，那样一切就不会闹到今天这样的地步。可当时我却揉了揉眼睛，定神去看我不愿意看到的东西。我以为那是一块大海绵，它蜷在床板下面的柜体里，颜色也真的是和一块海绵差不多。即使我揉了揉自己的眼睛，也直到它动起来后，我才发现那居然是一个人。

那个蜷在我家床下的男人坐了起来，他只穿了一条裤衩，所以我才把他身体的颜色当作了海绵。他一坐起来，反而将我吓了一跳，我不由得就往后退了几步。

　　我家金蔓和我是一个厂子的，当年我们皮革厂是兰城数得着的好单位。所以我们家也是过了一段好日子的。可是好日子说完就完，就像一个人走在街上，毫无防备地就被卷进了车轮下面，一切都由不得你。

　　日子不由分说地就变了样，这件事情教育了我和金蔓，让我们懂得了什么事情都要提前往坏处去想的这个道理。我们明白了道理，日子却过得更加困难。我们变得不敢憧憬了，变得战战兢兢，总是觉得还有更坏的日子在后面等着我们。有时候我为了给金蔓打气，就违心地说只要我们努力奋斗，日子终究是会好起来的。每次我这样说，金蔓都会冒火，她说这种话你自己信吗，我们凭什么去奋斗？有一次她的心情格外不好，干脆就狠狠地说：倒是我，还有去做鸡的机会！金蔓说出这种话，我当然难过死了。她都是四十多岁的女人了，我们的女儿青青也是十五岁的大姑娘了，她却说出这种话。

　　我心里面并不责怪金蔓，我理解她，她下岗后也和我一样，也是做什么活计都不成功，她去别人家做过保姆，去商场做过保洁员，每一次都做不久，她看不得那些白眼，她的心气比较高。

所以我还是要经常给金蔓打气，说一些连我自己也不敢相信的话。因为我爱惜金蔓，如果连一些好听的话都不能说给她了，我会更内疚的。我也看出来了，虽然每次金蔓听到我的空话都会发脾气，其实她的心里也是需要听到这些话的，她也需要借这个机会发泄出来，她也需要有个人总在她的耳朵边说一些空话。

我们都变了。以前是我的脾气比较大，而金蔓是比较温柔的。如今好日子过去了，我就要还上以前欠下她的了。

我这样不断地给金蔓打气，大概感动了冥冥中的什么，我们的日子就有了一些转机。先是我被安排进了"综治办"，接着金蔓也找到了一份不错的工作。金蔓在一家布料批发市场替人卖布，这个工作比较适合她。有一次我去看她，恰好有人在她的摊位前扯布料，那人一口一个"老板"叫着金蔓，跟她讨价还价，这让金蔓很是受用，我看出来了，她也是把自己当作一个老板来看待了。我替金蔓感到高兴，她既可以挣到钱，又可以享受做老板的滋味，当然是件好事情。

而那个真正的老板，我也见过。他是个姓黄的南方人。在我的印象里，兰城所有卖布的老板似乎都是南方人。黄老板的生意遍布兰城的东南西北，所以他基本上是不守在摊子上的，我去看过金蔓许多次了，只遇到过他三两面。他斯斯文文的，说话当然是南方的口音，而且还将我称作"徐先生"。他用南方话叫我"徐先生"，还让烟给我抽，我对他的印象就很好。

后来有一次黄老板开着车子送金蔓。那天金蔓买了一袋米，还是他帮着提到了我们家。黄老板在我们家屁股还没有坐热就走了，金蔓下去送他，却送了足足有半个小时才上来。我隐隐约约有些不高兴，我对金蔓说以后不要让人家送了，毕竟，人家是个老板。金蔓莫名其妙地又发火了。

金蔓说：你也知道人家是个老板呀！

这之前金蔓已经有一段时间没对我发过火了，所以她答非所问的，我也就没敢再吭声。

我说了，我对黄老板的印象很好，而且，人家毕竟是个老板，所以那天当他光着身子从我家床下爬出来时，我在一瞬间就有点儿不知所措。我的脑子里一片空白，竟然在这个人面前还有些卑躬屈膝。好一阵我才回过神，回过神来我第一个动作就是抡起了手里的警棍。那根警棍一直就拎在我手里，这时候就派上了用场。这时候要是我手里拎的是一把刀，我也是会抡起来的。因为我眼睛都红了，杀人的心都有了。

可是我家金蔓却拦住了我。她挡在我面前，准备用她的头迎接我的警棍。即使我都有了杀人的心，对金蔓我还是下不去手。可是我恨呀！我就换了另一只手上来，一巴掌掴在她脸上。我家金蔓的皮肤很白的，我的那一巴掌立刻给她的脸上留下几根指头印。她挨了打也没有退缩，她宁死不屈地瞪着我，反倒是我软了下来。我的眼泪忽地流了出来。

我说：金蔓这都是为什么呀？

金蔓不回答我。她能回答我什么呢？她做出了这样的事情，她还能怎么回答我呢？她一言不发地横在我面前，身上的香味我都能闻得到。我想这是我老婆呀，如今却被别人搞了。金蔓身上的香味，她瞪着我的样子，这些都让我的心碎掉了。

那个躲在金蔓身后的黄老板趁机穿上了他的衣服。他穿上了衣服后，就像一只死鸡又插上了羽毛，一下子就变得神气了。我们夫妻俩僵在那里，他却坐到了沙发上，还点了一根烟抽起来。

这个时候我杀人的心已经没有了。我浑身都变软了，连举起那根警棍的力气都没有了。我心里想的是：你们在哪里搞不好，黄老板那么有钱，你们可以去宾馆，去更舒服的地方，为什么非要搞到我的家里呀？我都委屈死了，很想抱着金蔓大哭出来。我太需要她能给我个交代，如果她能软下来，对我说些好话，我想我一定会感动的，说不定就原谅了她。可是金蔓一点也不软，她身子里像是打上了钢筋，硬硬地戳在那儿，倒好像是我做了亏心的事。

我只有拖着哭腔向他们吼道：滚！

我让金蔓滚，她就滚了，再也不回来。

我一下子垮了。以前过好日子的时候，我和金蔓也吵架。那时候我比较凶，可我让金蔓滚她也是不肯滚的。现在我的这个家少了金蔓，我才发现我有多离不开她。金蔓即使再不好，也撑着我们这个家的天，她知道给家里买米买菜，而米和菜，就是一个家的天啊。尤其是我们这样的家，少了个女人，就更加承受不起。除了米和菜，有金蔓在，我就会觉得踏实，觉得日子还是两个人在熬，如今只剩下我一个，就觉得自己很孤苦，日子真的是没有了指望。

没有人安慰我。我把事情的来龙去脉告诉给自己的女儿青青，她却说：也怪你，你装作看不到，不就没事了吗？

我很吃惊，青青怎么能这样说呢？难道她在学校就是这么学知识的吗？她怎么连一点是非的观念都没有呢？

我说：我长了眼睛，怎么就能装作看不见呢？

青青说：你可以当自己没长眼睛嘛，实在不行，就闭上眼睛。

我愣在那儿，觉得自己的女儿变得连我都不认识了。也许是我不好，我不该把这种事情说给女儿听。可是我太伤心了，除了自己的女儿，我心里的苦该去说给谁听呢？我只有说一说，才会好受些。我觉得青青也是个大姑娘了，她的母亲不翼而飞了，想瞒也是瞒不住的。我看青青，觉得她也真的是个大姑娘了。不知道从什么时候起，她已经长得都和我一样高了，她还染了红色的头发，就像街上的大姑娘一样。尤其在她让我"闭上眼睛"时，那副说话的神气，就显得更加成熟了，像一个十分老练的女人了。

青青让我闭上眼睛，我只好去找大桂，她是我们厂子以前的工会主席。那会儿我们厂子还兴旺的时候，大桂就是我们工人的主心骨，她给我们争取福利，发鸡蛋，发菜油，多得我们吃都吃不完。我们心里有了疙瘩，也去找她，她是最会解疙瘩的人。大桂下岗后自己开了家小饭馆，她看到我还像以前那么亲热。我以为她会给我出出主意，没想到她给我出的主意也和青青差不多。

大桂说：这种事情现在多得很，你睁一只眼、闭一只眼，也就过去了。

我说：大桂怎么连你也这样说呢？我不是个瞎子啊！

大桂说：我们这种人，还是做个瞎子的好，看不到烦恼的事情了，才能把日子扛下去。人家那些当官发财的可以心明眼亮，你要心明眼亮做什么？有些事情，你看不到，就等于没发生，金蔓还是你老婆，每天还会和你睡在一张床上，你非要去看，就只好倒霉了。

我觉得大桂也变了，但是也觉得她的话有一些道理。我想"我们这种人"是哪种人呢？不就是一些让政府发"最低保障"的人吗？一个拿着"最低保障"的人，好像是不应该有什么太高的要求吧。

大桂即使变了，也依然比较会解疙瘩，她让我睁一只眼睛、闭一只眼睛，起码还给我留了一只睁着的眼睛。

大桂的话我听进去了，我打算去把金蔓找回来。我现在真的愿意自己是个瞎子。我走出大桂的饭馆后，呆呆地在大街上站了很久。本来明晃晃的天，在我眼里都变成灰灰的了。

我向"综治办"请了假，一大早就去布料市场找金蔓。

去了以后我才发现，布料市场在十点钟之前是没人开业的。以前金蔓在家的时候，每天早上天不亮就会出门，现在想，她走那么早，当然是去会那个黄老板了。他们天天泡在一起，还要争取多余的那几个小时。想到这些，我的心里要多酸有多酸。

我站在空荡荡的布料市场里，无比伤心地等待着。

十点钟以后，布料市场开始热闹起来。我的耳朵边开始灌满了叽叽咕咕的南方话。那些卖布的老板都是些南方人，他们一边开自家摊位的卷帘门，一边嘻嘻哈哈地开玩笑，让人觉得他们的一天才是新的一天，是蒸蒸日上的一天。金蔓这时候也来了。她没有看到我，自己低了头也去开卷帘门。我一下子觉得这个女人和我远了，她好像已经成了一个和我无关的人，她正在开启的，也是一个新的一天，而这样的一天，是和我没有关系的。

当我站在她面前时，她也真的像一个陌生人似的看我。

金蔓说：你不要在这里闹，我要做生意的，你在这里闹，还会有人买我的布吗？

金蔓以前来卖布是为了我们的家，可是现在，我觉得她卖布完全就是为她自己了，她把这当成了她的生意，在她眼里，这卖布的生意是比我重要许多的事情。

我说：我不闹，我是来找你回家的。

金蔓说：我不回去。

我说：你不回去你住哪儿呢？

金蔓：住哪儿用不着你管。

我看到金蔓眼睛有些红，心里也难过起来。我苦口婆心地说：金蔓你不要糊涂，你是有家的人呀，那个姓黄的是在骗你，他只是占占你的便宜，他不会娶你做老婆的。

金蔓的脸色马上沉下去了。她说：谁说我要做他老婆了？

我说：你不做他老婆你和他睡！你这样做，不是把自己当妓女了吗？

金蔓叫起来：我就是妓女！你走！

她宁可承认自己是妓女也不肯和我回家。

我说这种话，并没有想把她惹怒，我是在劝她，是为了她好。

而她一迭声地赶我走：你走！你走！你走！

我不走，但是也不敢继续说下去了。我来这里，并不是想要和她闹，我是想把她带回去。她发起脾气了，我就只好暂时先闭上嘴。

我在金蔓的摊位前找了个坐的地方，那是个旧花盆，里面的花早死了，只留下一点点枯枝。我坐在这个旧花盆的沿上，等着金蔓的气消下去。

金蔓招呼着上门的生意，脸上尽是笑，让我吃不准她是不是已经不生气了。看到她的生意好，我居然有些为她高兴。在她做完几笔生意后，我重新又站在她面前。没想到她脸上的笑忽地又跑掉了。

她挥着手说：你走！你走！

我看她还是那么坚决，就只好又走回到那个花盆边坐下去。

中午的时候，那个黄老板来了。他手里捏着把车钥匙，一甩一甩地进了自己的摊位。我看到金蔓在对他说话，随后他就扭过头来向我这边望。

我的心情很复杂，对这个人既有些恨，又有些怕。我恨他是当然的，可我怕他什么呢？这连我自己也说不清。他从摊位里走出来，我就不禁有点紧张。好在他并没有走向我，而是和其他摊位的人聊起天来。一会儿工夫，他的身边就聚起一堆人，都是些三十多岁的男人，一个个都面色红润。他们用自己的家乡话说笑，声音很大，我连一句都听不懂。这时候我就知道自己内心里怕的是什么了。我是在这个布料市场里有了身在异乡的感觉，我虽然还在兰城，但是我一点没有当家做主的感觉。我明白了，现在的世道，谁有钱，谁就是城市的主人。

我一直坐在花盆上。这样整整坐了一天。

中午饭金蔓和黄老板叫了快餐，他们坐在布摊后面，当着我的面，明目张胆地一同吃。我什么也没吃，我也吃不下。我浑身一点力气也没有，不是因为饿，是因为心里的苦。

他们在下午四点钟就早早地收了摊，然后双双从我眼前走过去。

看到他们走掉了，从我的眼前消失，我居然有些如释重负。我觉得这一天非常难熬，非常漫长。他们始终在我眼睛里，我的心就拧在一起，他们不在我眼睛里了，我的心才稍稍宽展些。

第二天我依旧去了布料市场。和前一天一样，金蔓看到我还是那两个字：

你走！

我说：金蔓你不该这样对我，你还是我老婆不？

我这么一说，金蔓就不赶我走了。她把脸扭到一边不看我。她不理我，我同样难办。我想和她说话，劝劝她，甚至去求她，但她不给我机会。我站在她的摊位前，又怕影响她的生意，所以只好又坐到那个花盆上去了。

我坐在花盆上想，我不能就一直这样坐下去，这样坐怕是把金蔓坐不回去的。所以我又回到了金蔓面前。

我说：金蔓你和我回家，我们回家好好说。

金蔓并不理我。

我说：你这样总不是个办法，我们终究还是夫妻。

她依然并不理我。

我浑身颤起来，忍不住就动手去扯她的胳膊。她使了很大的力气把我的手甩脱掉。我就又去扯她，她跺着脚说：你走！这时候我已经控制不住自己了，听她又说出这两个字，我的血一下子就涌到头上。我在手上使了劲，揪在她的衣领上，像捉一只小鸡似的把她揪了起来。金蔓死命地挣，她越挣，我的蛮力就越大。我把她拖了出来，一下子围上好多看热闹的人。金蔓哭号起来，伸手抱住了一捆布料，那样子就是要垂死挣扎的意思。我悲愤到了极点，她这副样子，好像就是我的敌人一样，我拖她，是要把她拖回家，而她，好像是我要把她拖进地狱去一样！

我拖着金蔓。金蔓抱着一捆布料。我把金蔓和布料一起拖出好几米。布料被抖开了，一部分抱在金蔓怀里，一部分踩在看热闹的人脚下面。

这时候那个黄老板来了。他从人堆里挤出来挡住我的去路。

他说：你们做什么？搞什么搞？这么糟蹋我的布料！

我瞪着他，眼珠子都要掉下来。他糟蹋了我的日子，却训斥我糟蹋了他的布料。我一把就拨开了他，把他拨得一个趔趄。

这就算是我先动了手。我根本没有防备，我刚一动手，自己脑袋后面就挨了一拳头。打我的是几个南方人，他们都是黄老板的老乡，这个布料市场就是他们的，他们在这里嚣张得很。这几个南方人围住我打，那架势非常侮辱人。他们打得并不凶，看得出对于打人他们还不太熟练，但是他们又非常阴毒，其他几个人限制住我的手脚后，就有一个脱下了脚上的拖鞋来抽我的脸。拖鞋抽在我脸上声音非常大，啪的一声就抽出我一嘴的血。我嘴里的血应声而出，这个效果鼓舞了他，他就大张旗鼓地用手里的拖鞋抽起我的脸来。

我听见金蔓号起来：你们不要打呀！

但他们继续打我。他们一边打，一边发出南方腔调的恐吓。我的耳朵边尽是那种叽里呱啦的聒噪。

这种聒噪在我耳朵边响了很长时间，我的嘴里充满了腥咸的血味，所以我觉得这种聒噪的腔调也有一种腥咸的味道了。

后来终于响起两嗓子我熟悉的兰城话：散开！散开！

来的是两名保安。他们阻止住了对我的殴打，却不由分说地把我拖进了市场的治安室里。起初我以为自己遇到了好人，毕竟我们都是兰城人，而且我也是一名"综治员"，在身份上和他们差不多。不料这两名保安完全不把我当自己人看待。他们连事情的缘由都不问一问，一进保安室就让我蹲下。不但让我蹲下，他们还让我把头抱起来。

这简直把我委屈死了。我咬着牙问他们：你们什么意思呀？干什么这样对我？

他们说：你跑到市场里闹事，这么对你还是轻的！

我说：我没有闹事！

我还想说下去，却被他们一警棍戳在肚子上。

我疼得窝下腰，刚抱住肚子，膝弯又被一警棍扫过来。看来这两名保安打人打得是非常熟练的。这一下太狠了，我扑通一声就跪在了地上。然后那两根警棍就没头没脸地打过来，打得我满地打滚。

我被打怕了，叫着向他们告饶：别打了别打了，我会被你们打死的！

他们说：打死你也是活该！谁让你跑这儿来闹事！

我说：我不来了，我再也不来了还不行吗？

这样他们才停手。我抬起脸，看一眼他们，满眼都是警棍！而那些警棍都是红色的。我的眼睛都被他们打出血了。

我被他们关到天黑才放出来。放我出来前，他们还给我做了份材料。他们叫来了黄老板，却根本不问前因后果，只得出结论是我先动手打了人。他们抽着黄老板让给他们的烟，命令我在那份材料上签字。这明摆着是在冤枉我，可我也只能签了那个字。

我往回走，身上到处都是疼的。我想我的样子一定很吓人，因为迎面过来的人都绕着我走。

我想我这个样子是不能够回家的，我怕吓着我家青青。我就绕道去了大桂的饭馆。

大桂看到我像看到鬼一样，她哇地叫了一声，问我是不是被车撞了。

我一句话也说不出来，因为我一开口，喉咙就被肚子里滚上来的伤心哽住。那时候我绝望透了。

那会儿正是吃晚饭的时间，大桂这家小饭馆里却一个客人也没有。看来她的活计也不成功。大桂给我端来一脸盆水，我把头闷在脸盆里，脸上那些伤被水一浸，就像被蜜蜂蜇了一样。大桂用毛巾替我擦耳朵背后的血，我很想哭出来，但我强忍住了。我一个大男人，怎么好意思在女人面前哭呢？大桂的身上有一股油烟味，这一点和金蔓不同。金蔓的身上总是香的，她天天冲澡，即使给别人家做保姆的时候，她身上都是香的。可是一身油烟味的大桂如今在给我擦血，我就觉得她身上的味道才是香的。

大桂替我擦了血，又用毛巾替我掸身上的土。她用的力气并不大，但是一碰到我，我就咝咝地吸气。我也不知道为什么，见到了大桂，我就变得娇气了，身上的伤就格外地疼了。我现在非常孤苦，大桂这个曾经的同事在我眼里就像亲人一样了。

我把今天发生的事情告诉了大桂。

大桂说：告他们！

可大桂马上又叹了口气说：算了，告也告不赢，他们会说是你先打的人，他们是在维持秩序。

在大桂面前，我的血气就恢复了。我狠狠地说：他们欺人太甚，搞急了我会杀人的！

大桂说：你，你千万别干蠢事。

我说：他们逼我，我也没有办法！

大桂说：其实谁也没逼你，怪来怪去，还是怪你家金蔓，她要是肯跟你回家，谁能拦得住？

她这么一说，我的气就泄掉了。我说狠话，是因为了怨恨，可是如果怨来怨去还得怨回自家人身上，那我还怨什么呢？金蔓再伤我心，我还是把她当自家人看的。

我从大桂的饭馆出来就急匆匆地往家赶。我怕回得迟了，我家青青会没饭吃。

走到我家楼下时，我看到两个人抱在一起，在黑漆漆的楼道口亲嘴。

我从他们身边走过去，已经上了楼，又突然发现不对头。尽管我眼睛被打伤了，但是我还是觉得那个和人亲嘴的女孩是我家青青。

这回又是我的眼睛惹的祸。我又看到了不该看到的东西。他们都要求我闭上眼睛，可是我自己的女儿在和人亲嘴，我也可以装作看不到吗？

我跑下楼，在那两个人身边像狗一样地转着圈。光线很暗，这两个人又抱得很紧，他们的头翻来覆去的，所以我不好看清楚。直到那个女孩哼了一声，我才确定下来，她真的是我家青青！

我的头皮一下子炸开了。

我大吼了一声：青青！

他们被吓得不浅，忽地就分开了。

那个男孩像只兔子般地撒腿就跑。我家青青居然也想跟着跑。我一把拽住了她，她拼命地挣，那劲头就同金蔓一模一样。我一天来所有的积怨都升起来，全部跑到了我的一只手上。我用这只手重重地掴在青青的脸上。青青被我这一手的怨气打得一头栽出去，脚跟还没站稳，就被我半提半拖地揪上了楼。

进到家里，我打开灯，一下子就被吓倒了。我看到青青的鼻子和嘴角都挂着血。青青也看到了我的脸，她也被吓倒了。她一定在想，是什么把我搞成了这副鬼样子？我们父女俩互相看着，都呆若木鸡。许久，青青才哇的一声哭出来。

爸，你这是怎么了？青青对着我哭喊。

我回过神，指着她的鼻子骂：你不要管我怎么了，你是怎么了？你还要不要脸！

青青惊恐万状地看着我哭。我知道，她并不是怕我再打她，她是非常倔的孩子，我以前打她她从来都不哭。她是在心疼我，是我脸上的伤让她害怕了。这么一想，我的心里就不是个滋味。

但我还是硬起心肠，继续骂她：你做这种不要脸的事情，也找个地方去做呀，你也不要让我看到呀，你是存心要气死我吗？

青青把嘴唇咬起来，她不吭声，只是默默地流眼泪。

我骂着骂着，自己的眼泪也流出来了。

我的眼泪刚刚滚出来，青青就颤着声音说：爸，你别哭，我再不了。

青青对我说她再不了，是想安慰我，但是，她在这天晚上却从家里跑掉了。

这天晚上我做梦了。我梦到我和金蔓又回到皮革厂上班了，我们穿着胶鞋，在车间的污水中囗来囗去，但是我们都很快活，弥漫在空气中的皮子臭味，都是那么温暖和亲切。我们像是在海滩边无忧无虑地戏耍，脚下的污水都溅起一朵朵浪花一样的水珠……

我在半夜醒来，梦里的好情景荡然无存。我除了一身的疼痛，还觉得胸口像被塞进了一把茅草。这种感觉让我害怕，它就像那天我拎着鸡回家一样，心里平白无故地焦躁。我跳到床下，跑到青青的屋子里。她果然不在了。只有她的被子躺在她的小床上。

第二天一早我就找到青青的学校。

青青的老师姓吕，是个很年轻的小伙子。他问我青青会去什么地方呢？

天哪，这本来是我想问他的话。我要知道青青会去什么地方，我就不会跑到学校来问他了。

吕老师说：你们是怎么做家长的，一点也不关心孩子，只顾了去赚钱吧？

他很有兴趣地看着我的脸。我想他是故意这么问的。他看到了我的脸，就应该知道我这副样子不像一个能赚钱的人。

我的脸肿成了一团，两只眼窝都乌突突的，嘴唇也向外翻着。

我说：我是关心我家青青的，所以我才打了她耳光。

吕老师说：你这种方式不对，你这个做家长的，观念太陈旧。

我听他这么说，心就揪在一起。我也很害怕是因为了我的缘故，逼走了我家青青。

吕老师说：遇到那种情况，你不应该马上采取措施，你应该在事后教育青青。她也是个大姑娘了，会懂得要面子，你当着那个男孩的面打她耳光，她当然受不了，换了你你也受不了。

我说：你是说，我当时应该由着他们亲下去？

吕老师说：对，这是教育的艺术，做家长的要学习这门艺术。当时那种情形，你看到了，最好也装作没看到，先闭着眼睛过去。尤其在你没有能力解决那种事情的时候。

我觉得我的头皮麻了一大片。又是一个让我闭上眼睛的。我想难道真的是我错了？我的眼睛真的惹出了这么多祸？要是我真的什么也看不到，我家的日子就太平了？可是以前日子好的时候，我也不是个瞎子啊，非但不是瞎子，而且眼睛里还揉不得沙子，可那时候，日子也没有乱成这样啊。

我在青青的学校一无所获，只搞清楚了那个男孩的名字。

吕老师告诉我：一定是马格宝，除了他不会有别人。徐青青和他好，我早看出苗头了！

听他这么说，我心里很生气。我想早看出苗头了你不教育他们，你也把眼睛闭上了吗？这就是你的教育艺术吗？但我没有质问他。我只是问他那个马格宝家在哪儿，他却说不知道。

他说：我不知道，你自己找找吧。

我就自己去找那个马格宝。

我走出校门，看到一个男人开着车送他的女儿来上学。那个女儿大概是因为迟到了，一直在对她的父亲发火。她的父亲脸上堆着笑，身子从车窗爬出来，摸出钱夹给她塞钱。先塞一张一百块的，她还在跺脚，把脚跺得嗵嗵响。她的父亲就又塞一张。她还跺脚，干脆抢过那只钱夹，自己从里面扯出一把来。然后她才满意了，捏着一大把钱进学校了。她和我走了个迎面，看到我的模样就倒吸了一口气，说：噢！卡西莫多！我不知道她什么意思，但我眼睛看到的这一幕，让我的心里难过起来。我本来对青青有些怨恨的，认为她太不懂事，给我家千疮百孔的日子火上加油，可是我现在看到了其他孩子是怎么过的，就觉得我家青青原来也很可怜。

我觉得对不起自己的女儿。

我自己去找那个马格宝，但是我并不知道马格宝家在哪里。

这时候一个和青青差不多大的男孩走过来。他一边走还一边抽着烟，快到学校门口了，才把烟扔掉。

我拦住他。我的脸大概把他吓了一跳，他倒退一步，问我：你，你要做啥？

我问他知道不知道马格宝家住哪儿。他狐疑地看着我，想了半天说他不知道。我看出来了，他是知道马格宝家的，但是他不愿意告诉我。我受到了刚才那一幕的启发，也从口袋里摸出几张碎钱。我给了他一张五块的，他接在手里，两眼望天。我咬了咬牙，又给了他一张五块的，他才开口了。

他说：马格宝家在庙摊子齿轮厂家属院。

我找到了马格宝家。他家住的是平房。马格宝的父母在自己搭的小厨房里蒸凉皮。他们蒸那么多凉皮，看来是做这个生意的。

马格宝的母亲对我不耐烦地说：马格宝？我们也不知道死哪儿去了，已经三四天没回家了。

我说：他不回家你们也不找他？

她说：找他做什么？他不在倒好，我们眼不见心不烦！

我说：可是我女儿现在也跟着他跑了。

她说：那是你的事。

我说：你们这样对孩子不负责？

她说：我们能负了自己的责就不错了，我们的责任就是卖凉皮！

我说：凉皮能比孩子重要？

她怒冲冲地说：你不懂就别瞎说！不卖凉皮我们吃什么？你哪里懂得我们下岗工人的难处！

我本来想告诉她我也是个下岗工人，可是我转过身就走了。我跟她说那些有什么用呢？

我走到大街上了，马格宝的父亲却追出来。

他围着一个蓝色的粗布围裙，手里还戴着一副橡胶手套。他让了一根烟给我，对我说：你找你家女儿，顺便也给我找找马格宝吧，你要是能见到他，就让他回家，你告诉他，就说是我说的，他要是不想上学，就不上了，那样也好，还能把学费省下来，他这样交了学费却不去上学，不是很浪费吗？

这个做父亲的可真省心，连找儿子都能让人顺便找。

可是我到哪里去找呢？

我在兰城转了一整天也没有见到我家青青的影子。我只是在大街上看到许多和青青差不多大的孩子，他们穿着古怪的衣服，成群结队地闲逛。我这才知道，原来有这么多的孩子都不是待在学校里的。

天黑的时候，我硬起头皮找到了母亲家。我想青青一定是不会跑到她奶奶家的，但我还是得去撞撞运气。

一般我是不去找母亲的，因为我很怕父亲。父亲从小就对我冷冰冰的，我觉得他对我没有父子之情，我在他眼睛里就是一团空气。这种情形在我下岗前还好些，那时候我腰杆还比较直，但下岗后，我整个人都矮下去，就更不愿意见到父亲，见到他，我就忍不住会变得意想不到地驯良，就像他脚下一条不受宠爱的癞皮狗。

父亲坐在沙发里看电视，我进了门，他照例连眼皮都没有抬一下。

我把母亲拉到其他的屋子去说话。

我说：妈，青青来你这儿没有？

母亲身体很差，患了二十多年的糖尿病，如今眼睛已经差不多算是瞎掉了。所以她看不清我肿成了一团的脸。但是她从我的话里听出了问题，她拽起我的一只手说：你家出事啦？

母亲一问我，我的眼泪哗地就流出来了。这几天我好不伤心，但是没有一个人能分担我的伤心，如今我见到了母亲，被她一问，就把所有的委屈问了出来。我埋着头，哭得连鼻涕都流在了嘴上。我一边用手揩眼泪，一边向母亲诉我的苦。母亲也哭起来，但她却用手替我揩眼泪。母亲的手又冰又滑，像一块肥皂，不像我的，像一把锉刀。

母亲说：你干什么要去掀那张床板呢？你都不知道那下面藏着什么，你就去掀它！

我说：我知道它下面藏着什么，老天告诉我了，我心里当时像乱麻一样，根本由不得我。

母亲说：你不知道！

母亲告诉我：你家床板下面藏的并不是个男人，是你的日子，你的日子不揭开还好，揭开了就烂掉了，就像一道疤，你把它上面的痂揭开了，脓血就都流出来了。你不揭开它，你就看不到，可你为什么非要去看它呢？

我觉得自己一下子软了。我说：你是说我最好把眼睛闭起来吗？根本就不要看我日子里的脓血，看到了也要装作看不到吗？

母亲说：对，就是要把眼睛闭起来才好。

我赌气说：现在说这些还有什么用？金蔓跑了，连青青也跑了，我现在不如死了算了。

我这是在说任性的话。想一想我真是丢人，我都四十多岁的人了，还在母亲面前故意说出任性的话。我是太需要得到一些安慰了，现在能给我安慰的，只有母亲。

母亲嘶着嗓子骂我：你放屁的话，我还活着，你有脸去死吗？

我却人来疯似的耍起来。我说：我这就去杀了那姓黄的，然后就自己去死！

说罢我转身就冲了出去。

那会儿我的身体里也真的是萌生了杀机。我本来是在跟母亲无理取闹，但是闹着闹着，我就真的想杀人了，想死了。母亲惊慌失措地在身后追我，我们像一阵

风似的从父亲面前跑过去。父亲却纹丝不动，真的像只
是一阵风从他眼前吹了过去。

母亲把我追到了楼下，她在身后一声长一声短地喊
着我的小名，她的脚步声在我身后响得乱七八糟。我担
心她会一头从楼梯上滚下来，只好放慢了自己的步子。
其实我知道，母亲要是不追我，我反而没这么蛮了。

所以当母亲一屁股坐在街边哭号起来时，我就回过
头去扶她了。

母亲哭得地动山摇。她一边哭，一边用手拍屁股两
侧的马路，把马路上的土都拍了起来。那些土把母亲包
裹住，让母亲看起来像一个腾云驾雾的神仙一样。

我说：妈你别哭了，我不杀人，也不死了。

母亲伤心欲绝地呜呜大哭，她说：你蹲下，我告诉
你一件事情。

我就蹲在母亲面前。

母亲断断续续地对我说出了一个秘密。

母亲说：你怎么这么沉不住气？你为什么不能跟你
爸学学？人穷就要志短，就要能吞得下事情。你知道
不？你不是你爸的儿子，你爸早都知道，可是他一辈子
从来没有问过我，他把眼睛闭住了，这一辈子我们才太

太平平地过到现在……

我也一屁股坐在地上了。

我终于明白父亲为什么总对我冷冰冰的了。他可真沉得住气啊！

我想父亲也是一名普通工人，罪也是受了一辈子，但他好像从来没被日子搞得灰头土脸过，他纹丝不动，那是因为他懂得在日子面前闭上他的眼睛啊。而这个道理我却不懂，我气急败坏，所以现在我鼻青脸肿。

我浑身软塌塌的，连自己的头都支不起来了。我感觉到很累，一点激动的力气也没有了。我只想睡觉，把眼睛闭住，哪怕就让我躺在马路边。

第二天我和母亲分头去找。我继续去找我家青青，而母亲，亲自去布料市场找我家金蔓。

母亲后来告诉我，金蔓看到她后显得坐立不安的。

她不知道该拿这个老太婆怎么办。

她声音小小地说：妈，你干什么来这儿？

母亲从她的一声"妈"里听出了希望。母亲想起码她还叫我"妈"，这样就好办一些了。

母亲说：金蔓你回去吧，妈给你保证，你回去了什么事也不会有，你还是从前的你。

金蔓头埋下去，吸了口气说：不可能的，连你都知道了，怎么会还和从前一样！

她说她不能相信一切还会像从前一样。这一点，我恐怕也是不能相信的。

母亲说：本来我也想让你过些日子再回去，可是现在你家青青也跑了，你的那个家不能没有你。

金蔓一听就叫起来：青青跑哪儿了？

她一叫，母亲就又听出些希望。母亲说：不知道，青青他爸正满世界找呢。

金蔓突然又发起火，她恨恨地说：他找不回青青我会向他要女儿的！

然后金蔓就对母亲不怎么客气了。她说：你走吧，我还要做生意。

母亲也不和她纠缠，也走到那只花盆边坐下了。

母亲坐在那里，比我坐在那里具有威力得多。

母亲有严重的糖尿病，这点金蔓也是知道的。母亲随身带着她的注射笔，她坐在那个花盆上，把衣服撩起来，在自己肚皮上注射胰岛素。

母亲自己带了一只水杯，还带了半个馒头。中午的时候她坐在那个花盆上，一口一口地就着白水啃馒头，啃完了依旧坐在那里不动。

后来那个黄老板来了。他也注意到这个一直坐在他视线里的老太婆。母亲猜出了他是谁，但母亲并不对他横眉立眼。母亲反而在他看过来的时候，冲着他笑。

这些都被金蔓看在眼里，所以她在摊位里就坐不住了。

金蔓走到母亲身边说：妈，你先回去，我过些日子就回去……

我在那一天也找到了我家青青。

我等在学校门前，又挡住了那个抽烟的男孩。这一次我下了狠心，一次就扯出了五十块钱给他。我让他带着我去找马格宝，我想他一定知道马格宝在哪儿。这个男孩一把抢了我的钱说：跟我走！我寸步不离地跟着他，就像跟着我的五十块钱。我跟在他屁股后面走了一段，他在路边停下，摸出钱来买了一包"红河"烟。这种烟要五块钱一包的，我心疼起来，认为他是在用我的钱挥霍。

我说：你不要乱花钱！

他说：我花我的钱要你管！

我就没话可说了。

没想到他买了烟却不肯走了。他把书包垫在屁股下面，坐在了马路边。

我说：咦！你干什么不走了？

他说：现在还早，他们哪会这么早起来？他们现在一定还睡在被窝里。

这句话听得我心如刀绞。我好像已经看到了，我家青青和那个马格宝睡在一起！可她只有十五岁啊！以后怎么办呢？我连想都不敢想了。

我说：马格宝不在家，他们能睡在哪儿？

他说：哪儿不能睡啊？网吧，浴室，哪儿不能睡？

我说：那你还不快带我去找！

我实在是急了，好像早一点找到我家青青，她就会少和人睡一点。

他看一眼我，摇着头说：你这人怎么这么性急？你愿意看到他们光溜溜的样子？

他嘿嘿一笑说：其实我知道，你是徐青青的爸爸。

我觉得这个孩子太老练了，一下子就说到了我的痛处。我一句话也说不出，只瞪着他看。他递给我一根烟，让我也坐下来。我只好在他旁边坐下和他一起抽烟。我没想到我抽了一辈子的烟，却被这口烟呛得咳嗽起来。而那个男孩却抽得悠然自得。

他抽完一根烟后，向我建议：最好的办法是，你坐在这儿等我，我去把他们给你找来。

我担心他是在对我耍滑头，我更担心我的五十块钱打了水漂。他马上就看出我的心思了。他说你是不是信不过我？说着就摸出我给他的钱，连同那包打开的"红河"烟一同塞还给我。我左右为难，不知道该不该相信他。

他又看出我的为难了，笑嘻嘻地站起来说：我把我的书包押在你这里，这样你总放心了吧？说完他就转身走了。

我坐在马路边等，太阳很好地照着我，可是我却一阵阵发冷。我知道，那是我的心冷。我等了很长的时间，长到后来我都忘记自己是在等了。我只是茫然地坐在马路边，不知道自己还有什么希望，还有什么期待。

所以我家青青站在我面前时，我一下子想不出自己要做什么。

两天没见，青青就变成了另外一个人。她烫了头发，满头的头发像被火燎过一样，又干又毛，这个发型让她的头比以前大了好几倍，而且我看着她的头，总觉得有股烟从她的头发里冒出来。她身上穿的衣服也变了，她穿着一件小背心。这件背心很紧，勒在青青身子上，让她的胸部显得格外地大。这件背心还很短，把青青的肚皮露出一截。我吃惊地看到，我女儿的肚脐眼上竟然穿着一只铁环。这些都让我不敢认她了。我想她真的是我家青青吗？

她当然是我家青青。

她叫了我一声"爸"，说：你别找我了，过些日子我会回家看你。

我这才清醒过来，我想对她说些什么，但是我张张嘴，眼泪首先流了下来。

她说：你别哭，你哭什么哭？你在大马路上一哭我就也得跟着哭了，我这不是挺好的吗？你不要为我担心。

我指着她说：你这副样子叫挺好的吗？我都要认不出你了。你只有待在家里，只有待在学校里，那样才能叫好。

她说：我不去上学了。你想开些，我就算待在学校，也是学不好功课的，还不如不上，那样还可以替你省下学费，你交了学费，我又学不好，不是浪费吗？

我听这话有些耳熟。我想起来了，这不是那个马格宝的父亲对我说的话吗？他让我把这话带给他儿子，可是现在我女儿又说给了我。我想难道真的是我糊涂了吗？好像所有人都懂的道理，却只有我一个人不懂。

我说：可是你不上学，你做什么呢？

她说：我准备去打工，我已经找到工作了。

她说到找工作，我就不能不为她担心。因为下岗后我自己就找过无数次工作，可是那都是些什么工作呀？我是知道的，这个世界能给我们的，都不会是什么好差事。

我说：青青你还是和我回家吧，你在外面是要吃苦的。

她说：爸，我在家也没有享福呀。

我哑口无言。她这句话说得我心头一颤。

她又说：就算吃苦，那也让我吃一吃吧，吃不消了，我自然就回家了。

我真的觉得青青是变了。她已经不是我心里的那个女儿了。她像个成熟的女人一样，而我在她面前，反而像个什么也不懂的孩子了。我觉得她对世道要比我了解得清楚，说出的每句话，都像是在教育我一样。

我傻在那里，感觉自己对什么都无能为力。我不能像其他的父亲一样，扯出一张又一张的大钱给自己的女儿，一直扯到她肯欢天喜地地去读书，反过来，我女儿却可以用给我省学费来做理由不去读书。这个世界我既不理解了，也毫无办法了。我想，是不是我真的该闭上眼睛了，什么也不看，看到也要装作看不到？

我还在发愣，我家青青却走了。她什么时候走的，我都不知道。这一回我真的是没有看到，要是我看到了，我该多伤心难过啊！我都不敢想：我眼睁睁地看着青青从我眼前走开，去吃一吃苦……

那个抽烟的男孩回到我身边。他是来要他书包的。

他说：大叔，你也别难过了，我看他们挺好的，我找着他们的时候，他们还在网吧打游戏呢，快活得很。

我当然希望他们快活。青青说她吃不消苦了就会回家，可我也是不愿意她去吃那个苦啊。

那个男孩刚走，又跑来一个男孩。

这个男孩长得白白净净的，头发又软又黄。他跑到我面前，郑重其事地说：叔，你放心，我会照顾好青青的。

说完他撒腿就跑了。

我想这一定就是那个马格宝了。他一本正经地让我放心，你说他是不是有毛病？

一切都由不得我，我能做了主的，只有自己了。

我重新回到"综治办"上班。

让我大吃一惊的是，那天我一去菜市场，就看到了以前的那群贼。他们蹲在一起，看到我还对我笑。我转身就往回走，我想去多喊些帮手来。这一次我有经验了，知道凭自己一个人，是要吃大亏的。

"综治办"里有好几个队员在，没想到我把情况一说，他们却没有一个人愿意和我去。我还以为他们会摩拳擦掌地跟我去捉贼呢，没想到他们也只是看着我笑。我想他们笑什么呢？这有什么好笑的？

我们的队长郭开把我拉到一旁说：老徐，以后你就由着他们去吧，他们愿意给咱们上贡，这里面也有你的份。

我想了半天才明白他的意思。明白后我觉得太不可思议。他怎么能说出这种话呢？政府发给我们警棍，发

给我们五百块钱，我们怎么能做出这样的事情呢？而
且，这种话即使别人可以说，他郭开也不可以说啊。他
不但是我们的队长，而且他还是郭婆的儿子，难道他忘
了自己的母亲是被那群贼用刀子捅过屁股的吗？

我说：郭开，你妈可是被他们捅过屁股的呀。

郭开说：捅都捅过了，还提它做什么？又不是眼前
的事。

我说：可是你要我由着他们在我眼前继续捅别人屁
股呀！

郭开眼睛翻了翻说：也是啊，你要天天对着他们
看，是不太好办。

我说：当然不好办，我又不是个瞎子！

郭开想都没想就告诉我：那你干脆把自己当个瞎子
好了！你就当没看到他们，他们在你眼前转，你就给我
把眼睛闭起来！

又是一个要我把眼睛闭起来的！这些天几乎人人都
这么对我说。

我的心就动了。

我想，也许我按照他们说的那样去做，日子就会是
另外的日子了？我的眼睛看来看去的，看到的没有一样

是让我好受的事情，为什么我还要睁着它呢?

郭开甩给我两百块钱，他说：这就是你的那一份，你看着办吧，不要也可以。

我思前想后，最后心一铁，还是把这两百块钱装在了口袋里。

就是从这个时候起，我的身体开始了变化。我的脖子好像变软了，头好像变重了，我总是勾着头，眼睛里大部分时间看到的是自己的脚。我的眼皮也耷拉下去了，看什么都看不全，只看到很少的一部分。

所以回到菜市场后，那群贼在我眼里就只是十几条腿了。他们的腿在我眼皮下晃来晃去，我却看不到他们的手在做什么。

我的眼睛里尽是这个世界的下半截，我看到的是人脚，车轮，树根，这样一整天下来，我的头就感觉很晕。因为整个世界在我眼睛里都变得飞快了。你完整地去看一个人，即使他是在跑，你也不会觉得有多快，可是你只看一个人的脚时，即使他在走，你也会觉得他是在飞。菜市场里有那么多脚在走，我当然是感到眼花缭乱了。

我最愿意看到的是几条狗，它们在我眼睛里跑来跑去，还是从前那种比较正常的样子。所以当我头晕的时候，我就去看看那几条狗。

我就这样勾着头在菜市场巡逻。

一连几天我和那群贼都相安无事。但是我的心却不得安宁。

那两百块钱一直放在我的口袋里。那天我勾着头巡逻，突然想起了一件事。我就走到了那个卖鸡的摊子前，摸出了其中的一百块。

我说：我买过你一只鸡，现在把钱付给你。

那个卖鸡的人一愣，不冷不热地回了我一句。

他说：你现在有钱了啊。

我也一愣，我说：我现在也没有钱啊。

他说：没有钱？你怎么会没有钱呢？你现在应该很有钱嘛。

我本来是勾着头的，但是他的话说得我莫名其妙，我因此就抬头看他了。

我一看到他的脸，就明白他的意思了。他脸上的那种表情再明白不过了，他像是看到了一堆狗屎那样地看着我。他这样看我当然有他的道理。我知道，现在这个菜市场里除了那群贼和那几条狗，谁看我都会是这样的一副表情。

　　明白过来后，我的头就勾得更低了。我扔下那一百块钱就走。走出一截后，我才想起来他并没有找钱给我，他是应该找钱给我的。我都已经转头回去了，却又收住了自己的脚。我没脸再去让他给我找钱。我只有把那一百块钱都给他了。这在以前是绝对不可能的事。以前一百块钱对我绝对是个大数目，我轻易都不会去把一张一百块的大钱破开，因为一百块钱一破开，很快就会像水一样地从手里流走，随便买买什么，就没有了。可是那天我只有咬着牙把一整张一百块钱给了那个卖鸡的。我想我是买了一只天底下最贵的鸡。

　　这时候我看到眼前的腿都跑了起来，还有一个女人在声嘶力竭地哭，我的耳朵让我知道了，她的钱被夹走了，她哭喊着说那是她家一个月的饭钱。她哭得那个惨啊，听得我心惊肉跳。最后她看到了我，就干脆跑到我跟前哭起来。她这么做当然也是有她的道理，因为我戴着袖标，拎着警棍。但我觉得她是把我当成一个贼了。我当然不敢看她，我只盯着她的脚。她大声地哭，大声地说。

她说：你知道吗？这些钱会要了我的命的，你们可能不觉得有啥了不起，但是这真的会要了我的命的！

我相信她的话，她哭得这么凶，一定不会是装出来的。

可是我依然需要装作看不到。我不看她的脸，但还是看到了她的眼泪。她的脚尖突然跌上去一大颗水珠，我看到了，知道那是她的眼泪。

我的心受不了了。

晚上我又去小饭馆找大桂。我想听听她怎么讲，她要是说我这样做不对，我就再不这样做了。

大桂的小饭馆里依然冷冷清清的没有一个客人。她听了我的话，半天没有吭声。

我说：大桂我这样做是不是丧良心啊？

大桂叹了口气说：你要我怎么说呢？你不做这个瞎子，别人也会做的。

我说：别人是别人，我这样做心里过不去。

大桂说：那你除非不在"综治办"做了。

她这么一说，我就不知道说什么好了。"综治办"是我目前找到的最好的活计了，不在"综治办"做，我再去做什么呢？我到哪里才能挣来五百块钱的工资呢？

大桂看我心里矛盾，就拿了瓶酒陪我喝。

她说：喝酒吧，还是喝点酒吧。

她说：一个人不是只有眼睛看不到才算个真瞎子，他应该心里也是瞎的，那样才是个真瞎子。我们心里的眼睛还睁着，所以就还要伤心。

我觉得她说得有道理。可是怎么才能让心也瞎掉呢？

大桂陪着我喝酒，但她比我还喝得凶。我看出来了，她的心里也不好过。至于她为什么也不好过，我是问都不用去问的。那还用问吗？她的好日子也和我的一样过去了，她也不是当年的工会主席了，她的活计也不成功，她的心也没有瞎……

我们喝完了一瓶白酒，第二瓶也喝下去一多半。

我的头昏昏沉沉的。

大桂也好不到哪里去。她坐在我身边，身子一歪就向下滑去。我用手拽她都拽不住。她坐到了桌子下面。我去扶她，用胳膊揽在她腰上，把她往起抱。她突然仰起脸，哼了一声就亲在我嘴上。我也很激动，也去亲她，一边亲，一边就把手伸在她的怀里摸个不停。我俩都滚在地上，大桂也把手伸在我的裤子里摸我，她的手也和我的一样，像锉刀。

这个时候我偶尔抬了下头，一抬头，我的脑子就清醒了。

我的眼睛又看到了一样东西。那是大桂这家小饭馆的营业执照。它上面法人代表的那一栏，又黑又粗地写着一个人的名字。这个人不是大桂，是他男人。

大桂的男人也是我们的工友，以前是个非常结实的人，后来有一次游泳，一头跳下水池却崴断了脖子，从此就成了一个瘫痪在床上的残废。他成了残废，唯一的用处就是用自己的名字申请了这张可以减税的营业执照。

我看到了他的名字，身体里的血就安稳下去了。

其实我是愿意和大桂搞在一起的，非常愿意。我那时候真的需要一个女人，我想大桂也是需要的，她也那么苦。可我不是个瞎子，我的眼睛不瞎，我的心也不瞎。我想大桂当然也不瞎，要是那天我们俩搞了，她酒醒后会后悔的。

我晕头晕脑地从大桂的小饭馆走出来。

一走到街上，我就吐起来。我吐得那个凶啊，简直是把肠子都吐出来了。吐过之后我好受多了，我把脖子仰起来大口大口地喘气。

我看见了天上的星星，它们那么多，那么亮，有的还一闪一闪，就好像是满天的眼睛一样。它们在看着我呢，看着这世上的一切。它们能看到人里面谁在享福，谁在受罪。我想，和它们比，人的眼睛算什么呢？即使这世上的人都是瞎子，都不去看，也都被这些天上的眼睛盯着。它们在天上向下看，世上的一切大概都和我眼里的那几条狗一样吧？

我喝了太多的酒，睡得就很死。

我在梦里被响亮的拍门声吵醒。我爬起来一看，竟然已经快到中午了。

拍门的是郭开，他看到我就大叫道：你还在睡觉呀，你家青青出大事啦！

郭开说他去公安局汇报工作，一进公安局的大门，就看到我家青青被戴着手铐押进了一间屋子。他向人打听了一下，听说是我家青青杀人了。

其实杀人的并不是我家青青，是那个马格宝，我是后来知道的。

我家青青本来要和那个马格宝去南方打工，他们都

买好了火车票，但是青青说她还要做一件事，她只有把
这件事做了，她才能没有遗憾地离开兰城。

青青和马格宝来到了布料市场。那个黄老板恰好
在，他站在自己的摊位前和别人聊天。

马格宝看到了我家金蔓，当时他俩也站在那个花
盆边。

马格宝说：那个卖布的女人好像是你妈呀。

青青说：不错，就是我妈。

马格宝说：你是要跟你妈说一声你要走吗？

青青说：不错，我是要和她说一声。

然后青青指着黄老板说：那个男人你看到了吗？

马格宝说：看到了。

青青眼睛眨都不眨地说：你去放倒他！

马格宝愣了一下，随后他二话没说就走了过去。他
走到了金蔓的布摊前，还向金蔓害羞地笑了一下，然后
他就摸起了那把大剪刀。那把大剪刀就放在一匹展开的
布料上，马格宝摸起它，想都不想，转身捅在了黄老板
的腰上。马格宝的力气不足，而且那把剪刀合在一起就
没有锋利的刀刃，所以他这一下捅得并不成功。这不成
功的一捅，激怒了马格宝，他把剪刀拔出来，手一甩，

剪刀就张开了嘴，他只握了剪刀的一只把子，再次捅了过去。这一次，这把剪刀就变成了一把匕首，马格宝没觉得使了太大的劲，它就全部捅进了黄老板的身体。

我脸都没有顾上洗就和郭开跑去了公安局。

我们敲开一间办公室的门，去找一个郭开熟悉的公安打听情况。

那个公安姓范，他一弄清我的身份，脸就立刻变了。

他说：你来得正好，我们正要找你。

然后他声音很硬地赶郭开：你先走你先走，把他留下。

郭开很吃惊，搞不懂自己的熟人干什么会突然翻脸不认他了。我也很吃惊，感到事情有些不妙。

郭开被赶出去后，范公安就开始向我问话。他那不是随便的问话，他拿出了纸和笔，一边问，一边做着记录。他先问我姓名，性别，年龄，身份。我被这阵势吓住了，我想完蛋了完蛋了，我家青青真是杀人了。我却搞不懂公安干什么这样审我。

但是他问着问着我就明白了。原来公安怀疑是我怂愚了那两个孩子去杀人。

他这样怀疑好像也很有道理。

他说：你老婆和那个受害人跑了是吧？

我想了想，才把他说的"受害人"同黄老板联系起来。我还是不太习惯黄老板的这个新身份。我想他怎么会是受害人呢？我觉得我才是受害人。

我说：嗯。

他说：你跑去过布料市场是吧？

我说：嗯。

他说：你在布料市场和受害人发生了冲突，你们打架了是吧？

我说：我们不是打架，是他们打我。

他说：那么你被打了以后，是怎么想的？

我说：我很生气，觉得不公平，觉得他们欺负人。

他话锋一转，突然问我：徐青青是你什么人？

他这样一问，我就算再傻，也猜出他的意思了。他当然知道徐青青是我什么人，不然他也不会这么审我。我是这样想的：要是这杀人的责任归到我的头上，我家青青是不是就可以被他们放掉？

所以我试探道：小孩子不懂事，他们即使做了坏事，也是我们做父母的责任。

范公安停下笔抬头看我。他说：你还是很懂道理的呀。

他继续问了我一些问题，意思越来越明显。

他说：说吧，是不是你指使他们做的？

这个问题很关键，我虽然很愿意把我家青青救出去，但对于这个问题我也不敢轻易回答出来。

我一边用手揩眼角的眼屎，一边说：你让我想一想。

他说：可以，你可以想一想。

说完他就站起来向门外走。他出门的时候我叫住了他。

我说：那个受害人死了吗？

他回头看了我一阵。我觉得他看我看得太久了，他的那种目光让我恐惧。

我听他说：这个现在不能告诉你。你好好考虑自己的问题，等下我回来，你就要如实回答我。

然后他就走了。我听到他用钥匙在外面把门反锁住了。这时候我才发现，我出汗了。我的脊梁骨上好像流淌着一条小溪，它歪歪斜斜地流过我的后背，冷飕飕的。

我一个人待在这间屋子里。我向外望，看到这间屋子的窗户上都是焊着铁条的。

我闭上自己的眼睛。一闭上眼睛，我脑子里看到的就是我家青青。我看到了她小时候的模样，看到她小时候的模样，我就也看到了金蔓。她们母女俩开心地对我笑着，那时候的人穿得都很土，但显得都很美……

我突然听到了一个女人的哭声。她刚一哭，我就听出来是金蔓了。

我趴在窗户上向外望，看到果然是金蔓。

金蔓站在公安局的大院子里，放声大哭。

她一边哭一边叫：你们放了我家青青吧，要抓你们把我抓起来吧，你们杀了我的头吧，是我做的孽呀……

有几个公安过去赶她走。她当然不肯走，和人家撕扯起来。

她坐在了地上。人家扯着她的两条胳膊她也不肯起来。她就那么死命地沉着身子，被拖得在地上□来□去。她的衣服都被拖得卷了起来，明晃晃地露出一圈雪白的肉。她的头发也披散了，乱糟糟地盖在脸上。我才知道，金蔓的蛮力会有这么大。她横下心了，几条大汉都是收拾不住的。她被他们拖出一截又挣回来，拖出一截又挣回来。她身上的衣服都是土，她露出的肉很快也都是土了。后来她抓住了一辆警车车头前的保险杠，整个身子就都趴在了地上，被人三扯四扯，干脆就钻在了车轮下面。

她哭着，叫着，奋不顾身地要用自己把青青换出去。

公安们终于忍无可忍了。他们用了捉拿坏人的手法把她的胳膊扭转过去，她的劲就使不出了，被人从车下拽出来，一路拖着扔出了公安局的大门。

我看到被拖在地上的金蔓突然不哭不闹了。她居然笑起来。她笑得那个开心啊，欢天喜地的，咯咯咯的声音像一连串的银铃声。

我的头嗡的一下就大了。我想我家金蔓是疯掉了。

我的眼泪哗地流出来。

我觉得我和金蔓又是一家人了。我们都愿意用自己去救青青，我们都在受罪，我们又成了亲人。

所以范公安回来后再次问我：说吧，是不是你指使他们做的？

我就说：嗯，是的。

　　我做出这个回答后，心里一下子就畅亮了。我觉得我的家又成了以前的那个家，我们一家人心贴着心，肉贴着肉。我们贴着心贴着肉，就不觉得孤苦了，就可以把日子扛下去了。

　　晚上的时候我被转移到了另外一间屋子。

　　这是一间专门用来关押坏人的屋子，外面挂着"滞留室"三个字。它没门，有的只是一排胳膊粗细的铁栅栏。我被关在了里面。郭开来看我了，他好心地买了几个包子给我吃。他还想和我说说话，但是又被人像赶苍蝇一样地赶走了。我慢慢地把那几个包子都吃了。我的心里并不觉得难过，反而感觉到踏实。我只是在听到隐隐约约的哭笑声时，心里才一阵阵地揪紧。那声音是从墙外的大街上传来的，我知道那是我家金蔓在开怀地哭和笑。

　　那时候天已经完全黑了。我趴在铁栅栏里，脸紧紧地贴在铁条上。我闭上自己的眼睛，想象着我家金蔓现在的样子。

　　当我张开眼睛时，就看到了满天的星星。

　　它们依然那么多，那么亮。它们在天上眨着眼睛，看着下面的世界。它们当然看到了谁在享福，谁在受罪。当我闭上眼睛的时候，它们依然会凝望着我，它们像凝望着一条微不足道的狗一样地凝望着我。我觉得我的一切都被这些天上的眼睛看着，我就有了寄托，就不再是孤苦无告的了。